O CIRCO DAS LEMBRANÇAS ESQUECIDAS

Título: O Circo das Lembranças Esquecidas

Publisher: Artur Vecchi
Revisão: Ismael Chaves
Projeto Gráfico: Pedro Cruvinel

1ª edição, 2025
Impresso no Brasil/ Printed in Brazil

Dados Internacionais de catalogação na Publicação (CIP)
(Câmara Brasileira do Livro, SP, Brasil)

S 179

Saltoris, Ariane
O Circo das Lembranças Esquecidas / Ariane Saltoris.
– Porto Alegre : Avec, 2025.

ISBN 978-85-5447-299-3
1. Ficção brasileira   I. Título
CDD 869.93

Índice para catálogo sistemático:
1.Ficção : Literatura brasileira 869.93

AVEC EDITORA
Caixa Postal 6325
CEP 90035-970
Porto Alegre – RS
contato@aveceditora.com.br
www.aveceditora.com.br
aveceditora

2ª EDIÇÃO

O CIRCO DAS LEMBRANÇAS ESQUECIDAS

ARIANE SALTORIS

AVEC

*"Quando os deuses
querem nos punir, atendem
às nossas preces."*

OSCAR WILDE

CAPÍTULO 1

A verdade é que Josh não queria entrar no clube mais exclusivo de Berlim. Ao contrário das demais centenas de pessoas seminuas ou embrulhadas em látex e couro—tudo preto—, esperando por horas na fila pela chance de se exporem aos deuses do Berghain, que decidiriam, então, se eles poderiam ou não pisar na "Terra Prometida".

— E lá vem mais um recusado. — Mason esfregou uma mão na outra, assoprando no vão entre elas.

Josh riu do amigo de camiseta; o corpo alto e mulato exposto ao frio úmido da noite outonal. O rosto de capa de revista se esforçando para esconder o desconforto.

— Por que não colocou um casaco, seu mané?

O outro se sacudiu, como um boxer pronto para entrar no ringue.

— Roupa é um critério de aprovação...

— Ou não. — Josh apontou para um outro musculoso com a pele à mostra, vindo em direção a eles, cabeça inclinada em direção ao chão; a própria imagem do fracasso. Passou pelos expectadores em um silêncio sepulcral.

O respeito ao luto dos recusados é caricato, mas admirável. Pensou, os olhos vagando pelo terreno, pousando na antiga usina de energia, agora um santuário do Techno com a pinta de templo ocultista. Quatro andares de concreto e segredos.

Os holofotes da entrada tingiam o ambiente de espera de amarelado envelhecido. Como imagens de um filme dos anos sessenta: um colorido exagerado e agressivo. Mergulhando a massa em sebo derretido.

Era como ver o mundo através de uma lente distorcida, como se o espaço estivesse prestes a se dissolver.

A música vazava pelos poros de cimento em ondas graves, reverberando nas costelas de Josh como um segundo coração. Ele ajeitou a posição, não identificando o súbito incômodo. Porém, algo na vibração parecia errado. Mais pesado. Mais denso. Como se o ar transmutasse em melaço, escorrendo-se para dentro dele, como algo predatório, mortal.

Mason tagarelava sobre técnicas de aprovação—"tem que demonstrar indiferença, cara. Olha na cara do Sven na porta e mostra que não está nem aí se entra ou não. Aí, ele te deixa passar."—mas Josh mal registrava as palavras. Seus olhos foram atraídos para a entrada do prédio, correndo pelos súditos da casa noturna, fixando o vão entre o famoso porteiro e a parede. Por um instante, uma figura feminina, tremendo da cabeça aos pés, expelindo espuma pela boca desfigurada, apontou o indicador na direção dele.

— Ei, Josh! Terra para Josh! — Mason estalou os dedos na frente de seu rosto.

O amigo reagiu com um sobressalto.

— Tá pensando na chatinha da Amber de novo?

Amber. O nome ainda arranhava. Mas a única mulher em sua mente agora era a moça de cabelos escuros, que morreu de overdose, apontando para ele.

— Que isso, cara? — o rosto do amigo estava agora mais próximo ao seu. — Que bicho te mordeu? Parece que viu um fantasma.

O olhar de Josh voltou para onde estava a moça, como elástico quando solto.

— Não... — Mason sussurrava. — Você *viu* um fantasma, não viu?

Ele hesitou; o amigo era o único fora da família que sabia de sua afinidade com o sobrenatural, mas não queria entrar no assunto. Não agora.

— Deixa de ideia. Só pensando que preferia estar celebrando o prêmio em um lugar onde eu não precisasse ficar quatro horas em pé para entrar. E ficar em pé.

— Quando foi que trocaram meu parça por um velho de 80 anos?

Josh se esforçou para rir, mas o coração ainda esmurrava o peito para sair. Por sorte, Mason estava mais interessado em duas garotas algumas pessoas à frente na fila: uma no melhor estilo Mulher-Gato, pálida, cabelos verdes presos em forma de orelhas pontiagudas, a outra, morena e curvilínea, meias arrastão em body preto. Elas revidavam a investida a distância, com olhares luxuriosos.

Não era incomum para nenhum dos dois: Mason chamava atenção em qualquer lugar e ele, com grossos cabelos loiro-escuros, olhos quase verdes e aparência de galã de novela ruim, recebia convites para todas as festas, porque as moças sempre perguntavam por "aquele seu amigo gato, de Londres."

Antes que ele pudesse revidar, porém, a fila andou e eles estavam agora a poucos metros de sua sentença. A seu redor, corpos tensos, olhares furtivos, mãos inquietas. Era quase cômico como todos aqui se preocupavam mais com a opinião do porteiro de elite que com a própria dignidade. Mas ali o orgulho era uma moeda inútil. O Berghain exigia devoção.

O porteiro, Sven, com seu rosto tatuado, barbas grisalhas e cheias e olhos escondidos atrás de óculos escuros, analisava os candidatos como se visse através da carne e dos ossos. Josh sustentou seu olhar, indiferente, um experimento sociológico em tempo real. Ao lado, Mason empertigou-se como um estudante esperando a nota final de um exame.

Sem uma palavra, Sven acenou com a cabeça. A linha divisória entre céu e inferno se abriu, e eles passaram.

Seus telefones tiveram as câmeras coladas no ato da entrada: proibição absoluta de fotos e vídeos.

O interior era um organismo vivo. Uma catedral profana de concreto e escuridão, onde corpos pulsavam ao ritmo do techno em um transe coletivo, dezoito metros abaixo do teto. A fumaça adocicada e densa, cortada por feixes de luz, transformava os rostos em espectros. Gente demais, sombra demais, estímulo demais.

— Bem-vindo ao Éden — Mason sussurrou, arrastando Josh para dentro do ventre da fera.

Josh nunca entendeu o hype. O lugar era um híbrido entre rave clandestina e instalação industrial abandonada, mas havia algo além do concreto e do som. Algo ancestral. Como se o próprio prédio tivesse absorvido anos de devoção e sacrifício, tornando-se mais que um clube. Quase um ser vivo.

Enquanto Mason já flertava com a Mulher-Gato e sua amiga, Josh afastou-se para pegar uma cerveja e avaliar o ambiente. Escadas e mais escadas, degraus que pareciam mover-se para enganar, como em Hogwarts. O cheiro no ar era uma mistura de suor, couro, lubrificante e algo químico, acre, que ardia na garganta.

Atravessou um corredor onde corpos se enroscavam, fundiam-se, sombras no meio da penumbra avermelhada. Alguns sussurravam, vozes afogadas no som grave e incessante. Roupas eram opcionais, e a nudez misturava-se ao couro, ao metal, às máscaras de estética fetichista. Olhares cruzavam-se, alguns convidativos, outros desafiadores. A promiscuidade aqui não era escondida, era celebrada.

Josh passou por uma parede coberta com a instalação "Rituale des Verschwindens", 175 placas de alumínio gravadas com imagens e padrões que pareciam desaparecer sob a luz oscilante. Havia algo de hipnótico naquela arte, como se cada olhar lançado ali se perdesse no tempo.

O Darkroom abria-se em corredores apertados, com pequenos cubículos escondidos na escuridão total. Sim, entrou por acidente, e não, ninguém jamais acreditaria. Uma mão roçou em sua calça, apertando-o de leve entre as pernas. Educado, afastou a pessoa, sabe-se lá quem, de qual gênero ou nenhum, porque no breu era impossível distinguir qualquer coisa, e apressou-se a buscar a saída do lugar.

Mais adiante, outro espaço—com camas improvisadas e cortinas velhas, onde sombras moviam-se de forma lânguida. Josh desviou o olhar. O clube tinha seus próprios códigos, e não era um iniciado. Ainda procurava — sem querer encontrar — pela mulher da entrada, com o dedo acusador e a boca cheia de espuma. A vira, não vira?

Passou pela grande área do bar, onde sofás de concreto alinhavam-se sob colunas imponentes. No teto, cadeiras suspensas balançavam suavemente, ocupadas por figuras que pareciam flutuar acima do caos. O cheiro aqui era mais ameno, misturando álcool, tabaco e resquícios de perfume desbotado pelo suor.

Josh continuou a andar, observando. Alguns drogavam-se sem qualquer discrição, fileiras de pó alinhadas sobre telas de celulares, comprimidos passando de mão em mão, seringas deslizando para dentro de veias sem hesitação. Outros apenas dançavam, olhos revirando em êxtase químico, suados, entregues.

O Berghain era um universo próprio, com suas regras e sua liberdade. Mas esta noite, havia algo errado.

Parou ao lado de uma das paredes de concreto exposto, algo nele não estava bem, taquicardia, leve, mas ali, a respiração fraca. O grave da música não era apenas som—era algo que ressoava nele, como se sua própria frequência fosse alterada. Algo vibrava de forma diferente, quase como um sussurro que não conseguia ouvir, mas sentia dentro do peito. A sensação arrastou-se por sua espinha. Quanto tempo passara explorando o clube sozinho e onde estava Mason? No Darkroom? O pensamento o fez rir. Puxou o celular e viu se tinha alguma mensagem. Tinha.

— Cadê você? Tá vivo?

Josh respondeu e combinaram um lugar de encontrono primeiro piso.

Foi então que a música mudou.

Um novo DJ assumiu o controle, e os graves tornaram-se uma presença física, um rugido. As luzes dançavam no teto, projetando padrões fractais que pareciam mover-se por conta própria. Josh correu de encontro ao amigo, espremendo-se entre as pessoas. Era um alarme, precisava sair dali. Algumas pessoas encolhiam-se, apertando os olhos, os corpos vacilando. Uma gota de suor frio escorreu por sua nuca.

No canto da parede: a jovem mulher que sofrera uma overdose, de boca espumante. Indicador e olhos nele.

E então, veio o primeiro grito.

De repente, como um efeito dominó, corpos começaram a desabar. Espasmos violentos tomaram conta da pista de dança. Alguns tremiam no chão, olhos revirados, bocas espumando. Outros caíam como marionetes sem cordas, os corpos sacudindo em convulsões grotescas.

Josh ficou imóvel, observando em choque enquanto o caos tomava conta. Não era só um efeito estroboscópico exagerado ou drogas ruins. Havia algo errado. Olhou para a cabine do DJ e congelou.

Atrás do artista, onde deveria haver apenas equipamentos, sombras contorciam-se de maneira impossível, como um enxame de corpos invisíveis tentando manifestar-se. Enroscavam-se na luz piscante, como vermes na carne podre. E então, em um instante congelado no tempo, um rosto emergiu das sombras.

— Merda... — o mundo girou ao seu redor.

Mason puxou-o pelo braço.

— Que porra tá acontecendo? Cara, bora sair daqui!

O alarme de incêndio soou, e a multidão dividiu-se entre os que fugiam e os que ainda convulsionavam. Pessoas empurravam-se, outras caíam no chão. O perigo de pisoteamento era real.

Não soube como chegaram do lado de fora, mas o ar frio bateu do nada em sua pele como um choque térmico. O Berghain agora estava cercado por ambulâncias e policiais tentando conter a histeria coletiva.

Josh puxou o ar, tentando recompor-se, seus olhos voltaram para a entrada do clube, lá dentro, entre pânico, luzes confusas e a escuridão, a brasa de um charuto acendia e apagava com cada tragada lenta. Não via olhos, ou sequer uma silhueta, apenas a ideia de um chapéu e a certeza de estar sendo observado.

Josh estreitou os olhos, mas antes que pudesse reagir, Mason puxou-o pelo braço para dar lugar à polícia, e o homem e seu charuto desmancharam-se nas sombras.

CAPÍTULO 2

Josh puxou o ar pelo nariz, violento, como se estivesse prestes a se afogar. Levou alguns segundos para reconhecer o próprio apartamento estúdio, encoberto pelas sombras das persianas de rolo que seguravam o dia do lado de fora. Suas roupas dobradas sobre a cadeira ao lado da cama emanavam o odor adocicado de ervas e vapor. Misturados ao leve aroma de produtos de limpeza impregnados no seu piso de madeira, formavam uma essência nauseante. Ele sacudiu a cabeça na tentativa de afastar os resquícios do clube colados em memória e corpo.

A cabeça ainda pulsava ao techno do Berghain. O sonho que o acordara havia empalidecido, transformado no eco de um amontoado desconexo de palavras e sons. Ou eram lembranças da péssima noite passada — ele não tinha certeza.

Levantou sem saber se queria, mas precisava: hoje era o grande dia. O dia de dar início ao que se tornaria o resultado de seu prêmio. Ao colocar os pés no chão de madeira, seus ossos reclamaram do peso.

— E talvez eu tenha mesmo oitenta anos. — E seguiu para o banheiro, desbravando o silêncio gritando em seus ouvidos que ele agora morava sozinho.

Amber viera com ele da Inglaterra para iniciar uma vida diferente em Berlim — longe dos olhos do pai, sob a luz dos quais ela ainda brilhava como *a boa moça*, amarrando suas asas.

Eles buscaram por apartamentos juntos, viajando aqui e ali, de Londres para a Alemanha, de mãos dadas e energizados, inspecionando cada pedaço de desastre na cidade, até encontrarem um loft limpo e sem buracos na parede, pelo qual não teriam que pagar o valor de um carro por mês de aluguel. Os pais dela assinaram a caução — e Josh tinha certeza que o fizeram por jamais acreditarem que a filha ficaria por mais de um mês.

Com o apartamento alugado e um pacote de esperanças frescas nas malas, recrutaram amigos para a grande mudança, se despediram de genitores de olhos lacrimejantes e sorrisos forçados. E embarcaram na grande aventura berlinense.

Berlim era o ápice. Mais lenta que Londres, a cidade que acorda às onze desacelerou neles medos e preocupações, e despertou a autenticidade adormecida. Ainda que não mais tão sexy como um dia havia sido, o clima de metamorfose ainda pairava em sua atmosfera, como o mais puro dos oxigênios. Pulsava vida de forma mais feroz, mais absurda que outros lugares da Europa, e com certeza do mundo, competindo talvez só com Nova York e Tóquio. Louca, esquisita, colorida e suja: o fio indicando a liberdade em um emaranhado de conformações sociais.

Os problemas domésticos, no entanto, vieram a jato, mas não foram encarados como incompatibilidade. Não no início. Era tempo de adaptação. Nenhum dos dois havia ainda dividido um espaço com alguém com quem tinha um relacionamento romântico. Passaria logo. Eles se arranjariam com o tempo. Ela deixava roupas espalhadas pelo chão, ele arrumava. Ele colocava um filme antigo para os dois e ela reclamava que eles ficavam muito em casa, assistindo coisas em preto e branco que não interessavam a ninguém.

E então, sem que percebessem, a morada, já pequena, virou um cubículo sem ar. Amber mudou para um outro lugar, foi morar com amigas, ambos concordaram. Era melhor. Ela teria seu espaço para transformar em um chiqueiro — coisa que pensou, mas não disse — e ele poderia ouvir suas músicas favoritas sem ser criticado por seu amor pelo *Soul*.

O distanciamento foi gradual e esperado. Eles estiveram juntos desde a adolescência, e o namoro longo construído em idade tão tenra se mostrou frágil como mobília antiga, e não resistiu a mudanças drásticas. Com os meses de crescente estranhamento, decidiram seguir em um relacionamento aberto, até ela conhecer alguém e decidir que preferia, sim, uma relação monógama — só não mais com Josh.

A separação, contudo, foi menos emocional que o esperado. Amber era uma parte da sua família que ele havia carregado consigo para um lugar estrangeiro e, de certo modo, estavam apegados um ao outro por medo de partir o fio que os ligava a quem eles haviam sido antes que o mundo deixasse suas marcas.

Doeu, como dói a quebra de uma amizade antiga, construída lá atrás por pessoas que deixaram de existir. E não mais. Amber não era *ela*. Aquela cujas ideias excêntricas e cheias de vigor o inspirariam a criar novas histórias e possibilidades. Aquela com quem ele conversaria por horas sobre filmes antigos e os grandes sucessos da *Motown Records*.

Com a ex, e tudo o que ela representava mordiscando em seu orgulho, ele tateou pelo banheiro, aliviou a bexiga, uma mão contra o azulejo frio, sólido. E entrou no boxe, abrindo o chuveiro e deixando a água pinicar os focos de tensão em seus músculos, como as agulhas de um acupunturista.

O banho trouxe o resultado esperado: mais cor em seu rosto, mais ânimo em suas veias. Mais coragem para confrontar suas inseguranças.

Após colocar seu jeans habitual e um suéter bordô, recolheu o traje da festa, arrumou a cama e arejou o cômodo que era seu apartamento, deixando o ar fresco de outubro varrer os cheiros de uma outra vida, e o sol cor de âmbar do eterno pôr do sol outonal imprensar as sombras contra as paredes.

Passando pela mesa para ir ferver água na pequena cozinha, o pedaço de papel descansando sobre ela, ao lado de seu celular, o encarou. Josh o encarou de volta.

— Bom dia, prêmio. Eu já venho falar com você.

Pegou o telefone e colocou sua playlist favorita. A que deveria ser a trilha sonora daquele sábado. Daquele evento!

A tela destravada mostrava o aplicativo, e nele: Motown Greatest Hits. Ele rolou o dedão pelos títulos e clicou em *I Can't Help Myself* do Four Tops.

O sorriso veio sem precisar ser conjurado. E preparando seu café da manhã às 11:30, ele cantou junto:

— *Ooh sugar pie, honey bunch, you know that I love you. I can't help myself...*

Munido de chá preto, torradas, manteiga e compota de morango, ele sentou para confrontar seu prêmio. Com letras impressas em fonte cursiva exagerada, a carta o desafiava.

Josh tomou um gole de seu Earl Grey, e levou a torrada à boca, se perguntando ainda, porém agora com um senso de ironia, o que *a chatinha da Amber* diria sobre sua conquista. Ele sabia o que ela teria dito:

— *Legal. Parabéns.*

Porque tudo com ela era assim: desprovido de intensidade, de tesão. De *vida.*

— E não era para eu estar dando pulos de alegria? — perguntou, a voz rouca dos excessos da noite anterior o surpreendeu.

Ele fixava o certificado.

— Melhor roteiro — murmurou.

Então, era isso. Nos últimos dois anos, Joshua Morris, vinte e sete anos, aventureiro de pantufa e aspirante a cineasta, havia entrado para a *shortlist* do Oscar e conseguido convencer um júri de peso a investir na ideia de seu novo filme e presenteá-lo com a carga esmagadora de alguns milhões para que ele acontecesse.

— Ótimo! — bufou. — E por que eu me sinto tão mal?

O apartamento vibrava com a voz animada de Stevie Wonder.

For once in my life...

— Isso aí, Stevie! Pela primeira vez na minha vida, eu posso dizer: isso é meu, você não pode tirar isso de mim — disse às paredes de pedras frias e grossas. E riu, mas a pedra puxando o coração para o abismo era mais forte.

Puxou o ar, forçando-se a retornar a sua realidade invejável, passando os dedos pelos cabelos gelados da ducha. Um peso esticava seu peito, como se para partí-lo ao meio. Ele sabia por que. Claro que sabia.

Subir tão alto e tão cedo muitas vezes indicava uma queda dolorosa e, por vezes, mortal. Não sempre, porém *muitas* vezes. O suficiente para deixá-lo acreditar poder fazer parte da estatística.

Ele não tinha ainda a pele calejada dos que tiveram a possibilidade de falhar várias vezes. Uma queda de tamanha altura agora lhe quebraria grande parte dos ossos. Se não o tirasse do jogo por completo.

Roteirizar para Guillermo del Toro e assisti-lo, por exemplo, essa teria sido uma tarefa para ser encarada com júbilo. Mas entrar na arena já dirigindo o *próprio roteiro*? Não agora. Não ainda.

Sem mais ponderar sobre o assunto, sabendo que ao fazê-lo, o risco de colocar tudo a perder era irresistível. Ao levantar, decidido a sair, sua mente despejou imagens insólitas em sua consciência. A respiração falhou quando a moça em overdose, seu dedo acusador na fila do clube, possuiu seus pensamentos. Dentro da casa noturna, o espetáculo inexplicado que causou epilepsia em massa. E viva, como se de frente para ele agora, a ponta do charuto incandescendo laranja.

Não havia espelhos onde estava, mas ele apostaria que perdera a cor. O sangue serpentava para os pés, deixando extremidades geladas, como sinal de mau presságio.

Seguindo instintos apenas, pausou o aplicativo de música, colocou o celular no bolso e, trêmulo, foi se encontrar com sua equipe de produção para fechar os últimos detalhes dos primeiros dias de gravação no local abandonado mais famoso da cidade: um antigo parque de diversões desativado há mais de uma década.

CAPÍTULO 3

O tempo acelerou sem aviso, engolindo os dias em uma sequência de cenas desfocadas. O frenesi da equipe, somado à quantidade de equipamentos a serem revistados e carregados para o depósito antes do início das filmagens, ajudava a manter sua mente ocupada. Josh conseguira se permitir ficar feliz com sua conquista — ao menos enquanto o cansaço das tarefas exercesse sua função anestésica.

Com a última câmera armazenada, Mason, que era seu diretor de fotografia no projeto, o ajudou a colocar dois geradores e um holofote no carro.

O vento penetrante trazia em seu hálito o perfume metálico de um inverno na superfície de seu sono, mesclando-se ao aroma terroso da terra úmida e às contraditórias delícias do odor mofado de folhas vermelhas e amarelas, reverberando nas calçadas, como se valsando.

Mason fechou o porta-malas, o sol dourado do eterno pôr-do-sol dos outubros, o transformando em uma silhueta sem rosto.

— Tem certeza que você quer fazer isso? — a voz de Mason oscilava entre tons de brincadeira e admiração, envolta em assombro.

— O lugar não é muito seguro... uma galera vive invadindo lá pra beber, usar droga e fazer baderna — completou, fechando o porta-malas e encarando o amigo, que sorria-lhe conspirativo.

— Você *'tá* com medo! — Josh deixou escapar um riso debochado.

Mason era filho de uma alemã com um inglês descendente de jamaicanos e haitianos. Ele nascera em Londres, como Josh, mas se mudara para Berlim ainda criança, e se considerava um pouco de tudo. No entanto, a cultura da qual ele mais se orgulhava e buscava carregar como identidade era a caribenha; esta trazia de brinde um leque de superstições impregnado nele pela avó.

Como se não bastasse ser sugestionável às influências familiares, o único amigo confidente de Josh também trabalhava com uma equipe brasileira, viajando para o país com frequência, onde fez amigos devotos da Umbanda, religião sincrética com base nas forças da Natureza e no mundo espiritual. Ele revelara ter grande fascínio e respeito pelos rituais, sem conseguir esconder um tanto de medo. Desde então, falava com prioridade sobre assuntos ocultos e levava as questões sobrenaturais de Josh mais a sério que ele mesmo. Várias vezes, tentara convencer o amigo de acompanhá-lo nas gravações de uma nova série, no Brasil, e enquanto estavam no Rio de Janeiro, Mason o levaria para conhecer sua amiga Fernanda e o terreiro da família dela. E cuidar daquela mediunidade à deriva.

— Não, eu não *'tô* com medo. — Mason entrou no carro, a porta bateu com um impacto surdo, abafado — como se algo do lado de fora tivesse sugado parte do som.

O sorriso de Josh desintegrou, como papel em ácido. Mason não tocara mais no assunto sobre o desastre no Berghain, mas seus silêncios carregavam aquele peso familiar — o mesmo de quando algo o consumia; ele considerava as imagens e vozes perseguindo o amigo como algo a ser respeitado. Levado a sério.

Com o olhar da memória, as pessoas se contorciam à frente dele, sob luz de neon e o som pesado do baixo. A moça em overdose apontava para ele. O charuto do homem escondido nas sombras brilhava, queimava.

Antes que as lembranças viessem obscurecer seu julgamento, ele seguiu o outro para dentro do veículo.

— Eu só acho que você deveria cuidar dessas suas visões. Já pensou se você atrai alguma coisa ruim?

O roteirista quis replicar, mas Mason parecia preocupado, e limpava o para-brisas com a mão, se livrando do embaçado enquanto o aquecedor se esforçava para acompanhá-lo.

— Eu só acho que é melhor você não dormir por lá sozinho durante o *Halloween*, sem antes cuidar dessa sua capacidade aí. — bateu no aquecedor. — Esse negócio tá quebrado?

— Muda pro ar-condicionado. É mais rápido e você já gosta de passar frio mesmo.

A menção ao traje do amigo na fila do clube não trouxe a reação esperada, e Josh apenas trocou os comandos no carro. O vento frio bufou, e as janelas logo clarearam.

— Vem comigo ao Brasil antes. Eles já até te ofereceram um contrato, cara. As gravações acontecem durante a pausa nas nossas, aqui em Berlim. O que você tem a perder? Lá você vai comigo pra uma Gira, assim se chamam os rituais, e eles vão saber como te ajudar — disse, colocando o cinto e ligando a seta.

— Mas que insistência mais absurda. Parece criança com medo do Jack Skellington, porra!

— Pense o que quiser, eu *'tô* falando sério. Se tiver que impor essa sua cabeça dura, faça. Mas leva, pelo menos, um alarme, alguma coisa. Contrata um guarda.

O carro rolou para a rua principal pela rua estreita, de encontro ao sol descendo no horizonte, como um sádico se preparando para o esconde-esconde. Josh trocou do ar-condicionado de volta para o aquecedor.

— Não tem mais orçamento pra guardas, Mase. Eu vou ter que sobreviver sozinho.

O carro parou no sinal na avenida movimentada.

— Mas ficar sozinho lá durante o *Halloween*, cara?... Sinta dentro de você, lembre de tudo o que acontece contigo desde moleque: tem certeza *mesmo* que é uma boa ideia?

Josh manteve o olhar focado na rua e não respondeu. O riso subiu à garganta como tantas outras vezes, como fez em tantas outras, mas algo não era como *sempre.* As mãos suadas ele limpou na calça, a sensação de torpor envolvendo a mente, como teias de aranha, ele ignorou.

Não, ele não tinha medo de pernoitar na locação sozinho, contudo, algo no ar rastejava-se para dentro dele. Como a lembrança de um sonho vívido que insiste em permanecer encoberto, velando uma informação importante da qual ele não se lembraria a tempo.

Um apressadinho buzinou atrás deles no momento exato em que o sinal foi para o verde, retirando-o de seus pensamentos, trazendo-o de volta à realidade. Mas a convicção de que ficaria tudo bem durante o Halloween não viera junto.

CAPÍTULO 4

— Esse lugar me dá arrepios. *Sensacional*! — a voz entusiástica de Nadine, assistente de direção, ecoou do banco de trás.

— Viu? — emendou Josh, enquanto Mason guiava o carro pelo portão de entregas do parque, aberto por um funcionário do estado que, pela expressão em seu rosto, também não considerava a decisão de Josh uma boa ideia.

— Nadine não conta — o outro replicou. — Ela joga *Ouija*.

— Tem vezes que funciona. — ela riu, e disse, no tom cheio de ar dos apaixonados: — Eu nunca tinha vindo aqui. Mandou bem, Morris!

Cadáveres de dinossauros de cera jogados pelo chão, tendas rasgadas e carrosséis inertes — exibindo os maus tratos do tempo e falta de manutenção — emergiam, como se brotando do chão, à medida que avançavam com o carro.

Eles desceram após posicionarem o *trailer* — sua moradia pelos próximos três dias — em um espaço aberto, um pouco afastado dos brinquedos, porém difícil de ver pela entrada da floresta. Encoberta por uma tenda amarela em forma de concha, um cinema nos tempos de funcionamento do parque, a casa sobre rodas não estaria tão exposta ao primeiro olhar de possíveis vândalos.

Nuvens perseguiam-se com a velocidade do vento hostil, manchando de cinza o anil intenso do céu de outubro. A areia do terreno subia em redemoinhos, indo encontrar as ervas daninhas enroscadas em grades, como serpentes adormecidas.

— Uau! — Nadine levou as mãos tatuadas aos quadris estreitos apoiados em pernas longas. Os cabelos pretos, caindo pelos ombros, acentuavam os olhos verdes e o piercing no nariz. — Mandou *muito bem*, Morris! Esse lugar é *perfeito*. — Sua boca formou um leve o, e se abriu em um sorriso surpreso e admirado. O olhar escancarado, como uma garotinha na Disneylândia neogótica.

— Eu disse. — Josh não conteve o orgulho e exibiu os dentes brancos em um sorriso largo. O ar fresco e frio escapou da vasta floresta cercando o parque de diversões, infiltrando-se em suas narinas. Puro. Livre. — E nem cheira como Berlim!

Mason inspecionava o local próximo ao carro, caminhando pela pequena estrada, cobrindo os olhos com as mãos para proteger a visão do sol que não se deixara intimidar pelas nuvens, agora azuladas com chuva no ventre. Ele analisava os brinquedos mais altos. O funcionário do estado, um homem alto, em seus sessenta e poucos, de longos cabelos loiro-grisalhos amarrados em um rabo-de-cavalo, calça jeans e jaqueta surrada, se aproximou dos três — munido de prancheta e caneta.

— Bem, minha parte está feita. Se me fizer o favor de assinar aqui, *Herr* Morris. — esticou a planilha para Josh e olhou em volta. — O que deu na sua cabeça para passar três dias sozinho nessa necrópole, rapaz?

— Eu quero entrar na atmosfera do meu filme antes de iniciar as gravações. Me inspirar. — respondeu, segurando a prancheta e lendo o documento preso a ela.

— Artistas têm umas manias esquisitas — replicou o homem, sem rodeios, com uma expressão de confusão no rosto. — E esse filme de vocês aí é de que?

— Sobre uma jovem fugindo de um assassino, que acredita que o coração dela é fonte de poderes sobrenaturais.

— Ah... — o homem fez uma pausa — soa interessante. Mas aí, quando a Disney veio filmar aqui, eles pintaram a casa lá da frente, na entrada do Vilarejo Inglês, que servia de casa de espelhos quando o parque funcionava; ela saiu de estilo medieval autêntico para um *Alice no País dos Doces*, em três dias. Agora tá lá, metade uma coisa, metade outra, uma única bagunça. Vocês não vão sair dando mais trabalho pra gente não, vão?

Josh sorriu, entregando o documento assinado.

— Não, senhor. Não se preocupe.

— Certo... Enfim, tenham um bom trabalho. E boa sorte por aí. Há lendas sobre esse lugar no *Halloween*.

O funcionário se despediu, rindo, e seguiu para o estacionamento. Os três decidiram fazer um *tour* pelo local enquanto ainda havia luz do dia.

Josh, Mason e Nadine andaram pelas ruelas estreitas das avenidas, que levavam às diferentes atrações — muitas escondidas por trás da vegetação crescendo selvagem, exibindo apenas as silhuetas de cavernas construídas para assustar.

Uma das montanhas-russas tinha o formato da cara azul de um animal não identificável, que provocou uma discussão de minutos sobre se era um lince ou um gato, mas, de certo, um felino. De boca aberta, a criatura encarava o mundo com gigantescos olhos amarelos estáticos, bigodes arco-íris e testa franzida. A expressão congelada de um predador durante a refeição. Em meio a seus dentes afiados, seguiam os trilhos para dentro da garganta. Os galhos ao redor batiam contra a carcaça, chacoalhando folhas vermelhas ao redor do bicho.

Josh permaneceu em frente à montanha-russa, enquanto os outros dois seguiram a passos lentos, imersos nos planejamentos, para as demais atrações. Um bando de corvos circulava a área como abutres, crocitando irritados, como quem grita um aviso.

— Hmm, um bom lugar para a cena principal de fuga da protagonista — murmurou, fazendo uma anotação mental. — Ela entra na boca, desaparece entre os trilhos, pelas árvores...

Os corvos pareciam concordar.

Com os olhos ainda presos no gato azul, Josh seguiu seus amigos; perseguido pela sensação tão absurda quanto precisa de estar sendo observado.

Mais à frente, o grupo viu a tal casa mencionada pelo funcionário e riu. Ela não estava só pintada, como também grafitada, e era maior do que haviam imaginado. Um aglomerado de casas em estilo medieval com telhados em triângulo se estendia por dois andares e formava a entrada do vilarejo. Muros e portões guardavam a atração, como os das cidades reais naquele tempo. Os vidros de algumas janelas estavam quebrados e, bem ao centro, havia uma plataforma, algo como uma varanda com teto. Lá dentro estava escuro, não os permitindo ver como o lugar era dividido ou como as casas eram ligadas umas às outras em seu interior. Nada exposto. Somente o breu, aguçando a curiosidade e alimentando especulações.

— Impossível olhar lá pra dentro e não imaginar algo se movendo nos cômodos — comentou Nadine, verbalizando a sensação em Josh, e pelo jeito também em Mason. Os dois nada disseram, mas as mãos desapareceram em seus respectivos bolsos. — Mas é uma boa locação para aquela cena onde a *prota* se esconde com o amuleto. O que vocês acham?

Mason apertava os olhos, como se o gesto o ajudasse a ver a situação através da lente da câmera.

— Acho foda! — foi a conclusão dele. — E você, chefe?

— Qualquer coisa que a Nadine disser; ela é a única com real talento entre nós.

A assistente fez uma reverência exagerada e, como se ensaiado, levaram juntos o olhar para o alto da antiga roda gigante, reinando em uma península cercada por ervas daninhas. Os corvos, pousados em seus ferros, cantavam sua sinfonia. Atrás dela, as nuvens azul-acinzentadas pairavam como ameaça.

Mais à frente, um carrossel de cavalos coloridos recebia a última luz do sol alaranjado. Os animais de madeira cintilavam; equinos fantasmagóricos dançando ao crepúsculo.

Os brinquedos aquáticos jaziam quebrados pelos lagos cobertos por mantos de algas. A superfície verde, estática, convidava a imaginação a criar um lago sem fundo, onde seres antigos aguardavam um chamado. Josh parou para encarar as águas, observando a casa de controle de janelas quebradas, o corpo respondendo à tração como ferro ao magnetismo.

Mason deu uma cotovelada leve em seu braço, no olhar a pergunta se ele estava bem. Josh sorriu em confirmação e eles voltaram a andar.

As folhas dos salgueiros dançavam ao vento, lembrando longos fios de cabelo caindo sobre os olhos de uma criatura adormecida.

Os três andaram de volta. — Bem, é isso, então — soltou Mason, com um suspiro. — Você vem pelo menos pra festa de *Halloween* amanhã?

— Mas de jeito nenhum! Chega de festa pra mim por enquanto.

Nadine deu um abraço em Josh e entrou no lado do carona. Mason o encarou ainda por alguns segundos.

— Por que, exatamente, você quer fazer isso? Você vai fazer algum ritual esquisito no *Halloween*? O cara disse que há lendas sobre o lugar...

O outro riu.

— Relaxa, Mase. O cara estava tentando assustar a gente. Eu vou ficar bem. Te vejo dia 2.

Demonstrando dúvida, porém — ao que parecia a Josh — sem argumentos, Mason abraçou o amigo, despediu-se e sentou no banco do motorista.

Nadine acenou para ele enquanto o carro se fundia com a floresta, levando consigo o dia.

Era isso: daqui a poucos dias, ele iniciaria o projeto que poderia ser o fundamento de toda sua vida; ou seu precipício.

O silêncio caiu pelo parque como um manto de veludo. Sombras esticavam-se pelo chão de terra, formando imagens distorcidas pela imensidão do cemitério de brinquedos. Os corvos ainda manifestavam suas indignações. As folhas nos pinheiros na floresta soavam como marulho de ondas. O vento úmido trazia cheiro de chuva, perfurava os ouvidos e mordia as carnes.

Josh entrou em seu hotel sobre rodas.

A porta do *Wohnmobil* se fechou atrás dele com um clique sólido, selando a temperatura baixa do lado de fora. Os músculos do rosto relaxaram no ambiente protegido do vento. Lá dentro, o ar tinha aquele cheiro limpo de madeira tratada e estofados novos, um toque discreto de café e couro vindo do sofá.

Passou a mão pelo painel de controle embutido na parede, e a luz suave se acendeu, revelando o interior. O acabamento era elegante, sem excessos — tons neutros, linhas modernas, funcionalidade alemã em cada detalhe. O chão de vinil amadeirado parecia confortável, e os móveis dobráveis escondiam compartimentos secretos, maximizando o espaço.

— Melhor que o meu apartamento.

Ele escaneou o lugar e logo viu sua pequena mala preta reluzindo na entrada do minúsculo quarto, ao pé da cama. Abriu a porta do banheiro embutido, e o sensor ativou a luz suave, refletindo no aço escovado das torneiras. O espaço tinha um box com paredes dobráveis e um chuveiro. Um vestígio do desinfetante pairava no ar.

O espelho sem manchas refletiu seu rosto sob a luz amarelada, mas algo na imagem parecia errado por um segundo — um daqueles truques de iluminação ou cansaço acumulado. Ele piscou, e o reflexo voltou ao normal.

O vaso sanitário químico discreto ao lado. Com dois passos estava de volta à ala principal. Largou o casaco no banco estofado ao lado da pequena mesa de jantar comportando mantimentos em uma caixa térmica amarrada, dali ele tinha uma vista panorâmica pela janela lateral. Desamarrou o compartimento, retirou queijo, leite e demais alimentos protegidos pelas bolsas de gelo e foi até a geladeira embutida na cozinha compacta. A promessa de um chá quente e a calefação eficiente eram tudo o que precisava no momento.

Abriu sua *playlist* da Motown Records e abriu a torneira, a tensão do dia desmanchava aos poucos.

Meu filme! Meu.

A reverência pela palavra ainda irradiava respeito, mas o gosto era doce agora. Ali.

Ele assobiou o ritmo das Supremes e girou a torneira. A água jorrava na chaleira, e seu olhar vagou para além da janela. As paredes finas da *motorhome* não isolavam o som.

No topo da roda gigante, um banco rangia.

CAPÍTULO 5

Josh abriu os olhos sem saber o que o incomodava. O breu no cubículo não o ajudava a se orientar. Sentou na cama, apertando a vista para se concentrar melhor, cabeça pendurada. Ele ouvia barulho lá fora, não ouvia? O colchão macio dificultou seus movimentos.

Acima do *Wohnmobil*, os corvos faziam escarcéu. Era de manhã, então. Ao pisar no chão, hesitou. Lá estava, mais uma vez, o som. Sons?

— Isso não é o vento batendo no ferro-velho... — os dedos do pé subiam e desciam no chão de madeira fria, colavam, descolavam. As palmas das mãos suavam agora, um indicativo claro de que seus instintos estavam em alerta. Ele não estava sozinho no parque.

Pé ante pé, como quem planeja surpreender o assassino antes do ataque, Josh saiu do pequeno quarto. A persiana da janela panorâmica na ala central estava baixa. Os músculos relaxaram um pouco.

Pelo menos, não tem como ninguém olhar aqui dentro.

O celular estava sobre a mesa. A tela sob seus dedos revelou a imagem de uma câmera analógica e a hora: 5h45. Sem sinal. Mas tinha sinal ontem!

Algo rolava no chão de terra do terreno. Pesado. Múltiplos. Um foco de luz cruzou o veículo, como laser, o brilho ofuscante cortou-o, cegou-o.

Carros?

Seu coração marretava o peito agora, ritmado, grave e transcendente como o baixo do Techno do Berghain.

Talvez Mason tivesse razão, e um grupo de rebeldes sem um plano melhor havia ido perturbá-lo, afinal. A luz do pequeno banheiro agrediu seus olhos, forçando-o a apertá-los e quase mirar seu jato para fora do vaso. Só ficou consciente do erro quando já era tarde demais. Se tivesse gente por perto, saberiam que estava acordado.

Imbecil!

Apagou a luz, lavou as mãos e o rosto. Tarefas rotineiras, para acalmar os nervos que desestabilizavam seus joelhos. Silêncio lá fora, com exceção dos corvos irritados daquele lugar.

O que eles têm?

Escovou os dentes, o *chic chic* meditativo relaxava sua mente. Ajudava-o a pensar com mais clareza.

Eu espio, e qualquer coisa, chamo a polícia.

Que o plano era frágil ele sabia; não só o parque era grande, como cercado por uma floresta; o caminho para carros não permitia tanta velocidade, a menos que o motorista fosse um kamikaze.

Suas mãos pararam no ar, congeladas segurando a toalha macia e perfumada. O bass do techno esmurrou o peito. — Não... garoto! — Uma voz masculina, fina, ressoou apressada pelo banheiro, abafada pelas paredes do *trailer*, em tom claro de estresse e pressa. — Me diz uma coisa, você é completamente incapaz? Deixa! Eu faço isso. Vá ajudar Anca, por favor.

O gelo do choque derreteu na chama da fúria, e Joshua atravessou a casa sobre rodas sem se preocupar em não fazer barulho, trocou de roupas e abriu a porta, para ser recebido pelo aroma de folhas secas e terra úmida, e pelo ar metálico da manhã encoberta e escura.

Ao redor da *motorhome*, estacionavam veículos, em grande parte caravanas ciganas. Outras passavam por ele, para dispersar-se pelo terreno. Algumas pessoas fantasiadas carregavam ferros e uma lona. De circo.

— Isso só pode ser uma piada de mau gosto!

Tochas espalhadas pelo parque iluminavam o trabalho de montagem, ao que parecia, de barraquinhas, lançando gigantes sombras disformes por chão e brinquedos.

— Como é que eles não me disseram que a minha locação já estava alugada? E para um circo?

E circos não ficam dois dias em um lugar, eles ficam semanas. Às vezes, até meses.

Ainda atordoado, retornou ao interior do *trailer*, pegou o telefone, catatônico da cacofonia produzida pela trupe do circo invasor. Olhou para a tela: ainda sem sinal. Desligou e ligou o aparelho. O velho truque de enganar a tecnologia. Não funcionou. Sem sinal.

Josh fechou os olhos, buscando recuperar sua calma e diplomacia. Havia um jeito de resolver a situação. Tinha que haver. Como explicaria aos produtores ter alugado uma locação já alugada por outras pessoas?

Inspira. Expira.

Saiu, enfim, da casa sobre rodas e foi até a primeira pessoa que parecia no comando: um homem vestido de macaco-prego. Ele gritava ordens a torto e a direito.

O macaco-prego de um metro e setenta, vestido com calça jeans e uma camisa vermelha engomada, apresentando um pelo vasto, gesticulava de forma bem teatral, pensou Josh.

— Desculpe? — chamou com um sorriso no rosto, convencido de que a polidez era sua melhor chance de resolver o problema.

E foi ignorado. Pigarreou para chamar atenção.

O homem fantasiado correu os olhos por ele, dos cabelos emaranhados até as botas sujas de lama, colocou as patas nos quadris e esticando o pescoço para chamar alguém atrás de Josh, gritou:

— Gabriel, vem aqui, por favor! O cara do *trailer* levantou.

Um rapaz, de uns trinta anos, pele de oliva, corpo atlético e bem-apessoado, se aproximou e estendeu a mão para ele. Simpático. Sem fantasia.

Josh revidou o gesto e lhe apertou a mão. — Gabriel — se apresentou, mostrando uma fileira de dentes brancos e perfeitos, em um sorriso largo e morno.

— Joshua — corrigiu. — Josh.

— Prazer. Eu vejo que nós temos um problema? — o tom era amigável; ele apontou para o *trailer*.

Josh sacudiu a cabeça, na tentativa de colocar seus pensamentos em ordem, ainda confuso. — Sim, eu *aluguei* esse parque. Para a gravação de um filme — emendou. — Minha equipe chega dia 2.

O homem-macaco e Gabriel trocaram olhares, que Josh não quis ou preferiu não interpretar como um alerta.

O segundo coçou a cabeça e disse:

— Eu vou te levar pra conversar com *Señor* Manolo. Ele é o diretor do circo e vai saber como responder suas perguntas.

— Perfeito! Obrigado.

Ao seguir Gabriel, lançou o olhar sobre os ombros para encontrar os pequenos olhos castanhos do homem-macaco, redondos como duas bolas de gude encarando-o de volta. Os olhos brilhavam na madrugada, captando a luz das chamas ao redor. A visão fez seu estômago comprimir, as mãos suarem. O coração, agora um colibri batendo contra a caixa que o prendia.

Que fantasia impecável... O pensamento foi formulado como um elogio, mas... A palavra ecoava: *impecável*.

— Por aqui — indicou Gabriel com a mão esticada.

— Esse *Señor* Manolo também fala inglês? — Josh ajustou o passo para acompanhar Gabriel. — Eu percebi alguma mistura de idiomas. O meu espanhol é péssimo.

— Todos nós falamos esse e tantos outros idiomas. É a vantagem de ser quem somos, na situação em que estamos. — A vida no circo permite essa diversidade — Josh sorriu, tentando fazer conversação e ganhar algum amigo naquele caos.

— É. Pode-se dizer que é isso.

Eles andaram lado a lado, percorrendo o caminho que havia feito com seus amigos apenas um dia antes, uma experiência agora tão diferente da que esperava viver no lugar. Havia se imaginado vagando sozinho, tomando notas, lendo nas carcaças dos brinquedos com um chá. Ao invés disso, cá estava, lutando por sua locação.

O produtor vai me matar! Preferiu dispersar o pensamento. *Um problema de cada vez, Joshua. Um problema de cada vez.*

— Aquele homem-macaco... A fantasia dele é... é perfeita! — a imagem não saía de sua mente, e o som saiu estupefato e elogioso. — Se a gente puder resolver a situação, eu ainda preciso de maquiadores desse nível.

— Ah... — comentou o outro, educado, porém distante. Como se não soubesse como prosseguir no assunto. — E para quê?

— Meu filme. Eu sou roteirista e diretor. Eu acabei de falar...

— Claro! — repreendeu-se, charmoso e sem conseguir esconder um tanto de nervosismo. — Sim, um filme. Que sensacional!

Joshua encarou o perfil de seu acompanhante. A forte sensação de que o outro fazia grande esforço para se manter polido, porém desejava se livrar dele o quanto antes, crescia a cada passo.

O *trailer* do diretor do circo estava estacionado próximo à tenda do antigo cinema, junto a alguns outros. O céu tirava seu véu de luto e a luz do dia buscava seu lugar no horizonte, tingindo as nuvens do céu de Berlim de um rosê intenso.

Como eu queria estar curtindo isso de boa, na minha.

A lateral da casa sobre rodas era decorada com a pintura de uma jovem e linda mulher com maquiagem e penteado das Catrinas do México, segurando um microfone antigo. Abaixo dela, o nome: *Circo das Lembranças Esquecidas.*

— Aqui estamos. Espera aqui um minutinho, eu vou te anunciar.

O rapaz entrou no carro, fechando a porta atrás de si, e retornou após não um, mas *cinco* longos minutos.

— Ele vai te receber. Pode entrar — disse Gabriel, descendo os degraus que levavam ao interior do *trailer*.

— Obrigado.

— Imagina. Sem problemas.

Josh subiu a pequena escada de metal, subindo e descendo com seu peso. A porta estava semiaberta.

— Senhor?

A resposta não veio.

O parque já beijado pela luz do dia não parecia mais tão ameaçador. Mas lá estavam eles, montando a lona de um circo. Na sua locação. Que *maravilha*!

Sem querer esperar mais, espremeu-se pela entrada, levando um tapa imediato do cheiro de tabaco velho esvaindo das paredes de madeira, do tapete. Foi inevitável torcer o nariz. Os olhos arderam.

É como entrar no pulmão de um fumante. Vai levar uma semana pra tirar essa catinga da minha roupa; eu mereço.

O escritório, se é que se podia chamar assim, era pequeno; perfeito para um interrogatório clandestino ou um pacto com uma entidade duvidosa. Estava escurecido, ainda mergulhado na sombra da manhã jovem; a luz amarelada de uma única lâmpada oscilava sobre a escrivaninha de mogno envelhecido, poeira dançava sob o holofote. Duas cadeiras de cada lado reforçavam a ideia de que negócios eram feitos ali. Que tipo de negócios? Melhor não perguntar. Livros gastos e figuras de pano que pareciam saídos de uma feirinha esotérica de quinta categoria estavam amontoados em gavetas pelo chão, algumas continham papéis e pastas.

Três portas estavam disfarçadas por cortinas de cordões coloridos, oscilando com a brisa vindo da abertura, conectando aquele *trailer* com uma caravana cigana.

Sobre a escrivaninha havia, ao lado da placa: *Señor Manolo — Diretor*, uma campainha. Ao mover-se até o objeto para tocá-lo, viu uma sombra passar. Josh recolheu a mão, como um menino flagrado na travessura.

— Sente-se, rapaz — disse uma voz masculina. — Eu já venho.

Da caravana ao lado, barulho. Soava como caixotes sendo jogados de um lado para outro. Sem muito cuidado, pelo som. Uma mulher gritou algo incompreensível. Duas pessoas discutiram por alguns segundos.

Obedeceu ao pedido para sentar, e desceu o corpo com cuidado na cadeira.

Isso vai me aguentar?

Mais barulho. A mulher soava irritada, e aguçou sua curiosidade e pinicou seu humor controverso, fazendo-o girar o corpo na direção do vão entre *trailer* e caravana, conspirativo. Mas antes que pudesse rir, a sombra de uma cauda longa escamosa moveu-se no chão.

Piscou duas vezes, quando o homem parou em sua frente. Ele era pequeno, não mais alto que um metro e cinquenta, calculou Josh, com uma cartola preta, uma jaqueta de circo preta e dourada, e usando uma fantasia de *iguana*.

— Bom dia, meu caro, eu sou *Señor* Manolo. — disse a iguana e lhe apresentou a mão.

— Joshua Morris — apertou a mão do homem sem convicção, fixando-o como uma criança apresentada a um boneco em tamanho real. As escamas arranharam sua pele. — *Señor* Manolo, eu preciso dizer, que os seus artistas têm as *melhores* fantasias que eu já vi na minha vida! É incrível! — o entusiasmo eclipsou seus problemas, por um segundo.

— Ah, sim...

Manolo dirigiu-se à sua cadeira atrás da mesa e sentou, cauda por cima do braço do assento.

— O que seu posso fazer por você, Joshua Morris?

Da caravana ao lado vinha mais barulho. Virou o corpo na direção e gritou: — Anna-Sena! Eu pedi pra você tomar cuidado! Você quer quebrar tudo?!

Ela gritou algo incompreensível de volta.

— Eu sinto muito, Sr. Morris. Onde estávamos? — continuou, porém o som de porcelana encontrando o chão o tirou do sério. — Anna-sena! — a voz saiu duas oitavas acima.

— *Quê?* — ela respondeu de longe.

Josh pensou que as faíscas raivosas na voz dela iam pegar até nele, e reprimiu um riso.

— Perdão. Ela tem o sangue um pouco *quente demais*, essa menina — disse e suspirou.

— Sua filha? — a tal Anna-Sena, por algum motivo, já lhe era simpática.

Señor Manolo encarou-o por um instante, com um brilho nos olhos. E sorriu, então, com o canto da boca escamosa.

— Sim... algo do gênero — admitiu.

Ao lado, a caravana estremeceu.

— Anna-Sena!

Levantou-se num pulo.

— Me desculpe, um momento. A menina ainda me quebra a casa toda! — e saiu pela cortina de cordões coloridos.

A discussão atravessou as paredes. *Señor* Manolo retornou e sentou-se.

— Vamos lá — Os olhos vagaram para a caravana, mas havia silêncio agora. Relaxou. — Você deve querer saber por que estamos aqui, certo? Eu vi sua *motorhome*, mas não quis te enxotar. Esperei você vir até mim.

— Desculpe, mas eu tenho uma...

— Autorização. Eu sei, eu sei. Assim como nós. Todos os anos, do dia 31 de outubro ao dia 2 de novembro. Sendo assim, meu rapaz, você está convidado a participar da festa, se quiser; se não quiser, fique no seu *trailer*. Mas você não pode deixar o terreno.

O aroma de café fresco preencheu o pequeno cômodo, mas seu estômago agora revirava por outro motivo. Que tipo de diretor não checa a disponibilidade completa de uma locação? Amador. A palavra ecoou em sua mente com a voz de cada produtor que já havia duvidado dele. Primeiro filme solo e já estava metendo os pés pelas mãos.

— *Hmmm*! O café está cheirando, Anna-Sena! Você pode trazer uma xícara para o nosso convidado e para mim?

— Vem buscar você! Vai que eu deixo a bandeja cair!

Josh riu, mas se esforçou para esconder. Manolo olhou para ele e apontou com a pata para a porta.

— O que eu te disse? — Ele ria, dando permissão a Josh de acompanhá-lo. — Sangue quente tem a menina. Muito quente.

Riram juntos, compartilhando um momento leve bem-vindo.

— Se não há mais nada que eu possa fazer por você, meu rapaz... Nós temos muito trabalho pela frente. Se me perdoa...

— Mas, eu...

— Ah, você não acredita em mim, é isso? Quer ver minha autorização?

— Não, senhor. Não por isso. Eu não pretendo duvidar, mas há de haver uma solução.

Manolo exalou.

— Isso é tudo um grande mal-entendido, meu rapaz. O Sr. Schulz faleceu, as informações embolaram-se... Na verdade, é *você* que não poderia estar aqui. Logo esse ano, rapaz... — E ao dizer isso, *Señor* Manolo correu o olho por Josh, como se examinando algo que saía dele, e sacudiu a cabeça.

— Isso é muito estranho, eu queria saber, se...

— Não pergunte nada, rapaz — cortou Manolo. — Você saberá cedo o suficiente. Aproveite a sua ignorância, enquanto ela reina.

Joshua abriu a boca para responder, quando uma presença a seu lado chamou sua atenção. A filha — ou filha de criação — de Manolo havia mudado de ideia e trouxe o café. Imaginava que veria uma jovem mulher vestida como algum bicho e girou a cabeça, curioso e já quase rindo, para encontrar a moça cujo belo rosto e generosas curvas estavam pintados nas paredes externas do *trailer*. Na surpresa, engoliu em seco.

— Obrigado por não me deixar passar vergonha, Anna-Sena.

— Disponha — disse ela, sorrindo para Josh. — Se perdeu por aqui, foi? — Pousou a bandeja com doces, xícaras e uma garrafa de café na mesa.

— Joshua, esta é a Anna-Sena — apresentou *Señor* Manolo. Ao ver a reação do rapaz, riu. — Ela não é nada do que esperava, não?

O rosto de Josh virou uma bola de fogo. A jovem com sua pele de oliva e pernas bem definidas dentro de jeans apertadas, maquiada como a mais sutil e glamourosa das Catrinas, não era *nada* do que esperava.

Sacudiu a cabeça.

— Que ano pra aparecer por aqui, hein Josh — comentou ela, leve e solta, como se o conhecesse há anos.

— Eu ficaria mais confortável se alguém me dissesse o porquê. Não é a primeira vez que um de vocês me diz isso. O que tem esse ano? Uma atração perigosa?

Anna-Sena e Manolo trocaram olhares sérios, especulativos.

Na porta, batidas apressadas deslocaram a tensão do momento, e a jovem pareceu aliviada. Desculpou-se e seguiu para a porta. Lá fora, o homem-macaco sussurrava algo, gesticulando. Girando o corpo na direção deles, a expressão num misto de medo e raiva, disse:

— Manolo, eu preciso resolver uma situação.

— Mas o rapaz...

— É Scott.

O diretor respirou fundo e apenas acenou para que ela se apressasse.

— Eu falo com você mais tarde, Josh — despediu-se e seguiu atrás do outro.

Manolo encarou Josh, puxou um maço de cigarros de cima da mesa e ofereceu-o.

— Não, obrigado. Eu não fumo.

— Bom pra você, garoto. Bom pra você.

O tempo todo, Josh esperou que Manolo retirasse as luvas escamosas de longas unhas de réptil para abrir a caixa. Ao invés disso, sacudiu o pacote para baixo com grande destreza, retirou um cigarro e pegou seu isqueiro, acendendo o fumo, tragando entre dentes e língua, já que lhe faltava lábios. Fascinado, quis perguntar por que ele simplesmente não retirava a máscara para fumar, porém seus olhos estavam ocupados estudando a língua rosada tocar na ponta do cigarro, os dedos roliços envolvendo o objeto com dificuldade, as escamas grossas em seu rosto acompanhando o movimento do trago. Buscou pelos lábios do homem por baixo da fantasia, em vão.

A fumaça subia em espirais, iluminada pelo sol que surgia por detrás das nuvens, atravessando em raios pálidos o vidro da janela, por trás do dono do circo, transformando Manolo em uma silhueta animalesca e surreal.

— Não parece mais uma fantasia para você, parece?

Joshua percebeu que seus lábios estavam secos, a garganta apertada. Não era como estar de frente para um ator preso dentro de um traje costurado para impressionar. Era como estar de frente para um réptil pré-histórico, uma criatura arrancada de uma lenda e posta à sua frente. A cabeça curta de uma iguana, ligada a um pescoço largo, olhos de esmeralda com a pupila alongada dos predadores, transmitindo emoção humana e trazendo à tona medos primordiais dos quais havia sido insciente até ali.

Ajeitou-se na cadeira e esfregou as mãos uma na outra. Buscando uma resposta que não tinha, recusando-se a aceitar a improvável verdade de que tudo visto fora e dentro daquele *trailer* não se tratava de fantasias, mas de seres indefiníveis e reais. Tão reais quanto ele. Engoliu em seco, outra vez, a tosse serpenteando pela garganta de papel-lixa, o pomo de adão subindo e descendo, inconstante como sua respiração, embora lutasse contra a sensação de desconforto.

Como se lendo seus pensamentos, Manolo retomou a palavra:
— Não há um jeito simples de explicar o que é que nós fazemos aqui ou quem ou *o quê* nós somos. Mas você está no domínio do meu circo, durante o *Halloween*, e nessa circunstância, eu sou responsável por você. E não me olhe assim não, eu também não queria estar nessa situação — e driblando a cauda entre cadeira e mesa, saiu de seu lugar, parando ao lado de Josh, o cigarro entre os dedos. — Venha comigo, garoto. Vamos acabar logo com isso. O que você decidir fazer depois, é por sua conta. Se você está aqui e nenhum de nós conseguiu detectar sua presença de antemão, também há algo estranho em *você*, que eu preciso descobrir a tempo. Agora, venha.

Calado e sem argumentos, Josh levantou da cadeira, as pernas soltas como as de uma marionete, e com a sensação de estar vivendo em um dos mundos inexplicáveis de sua infância. A intuição gritava em seu ouvido que estava certo.

CAPÍTULO 6

Josh esperava que o diretor fizesse todo o caminho de volta para o centro do parque, para as atrações, onde a trupe do circo trabalhava para arruinar a gravação de seu filme. No entanto, a iguana seguiu em frente, em direção à cerca que separava a densa floresta do terreno.

O sol banhava o terreno de dourado, intensificando os tons de amarelo e vermelho das folhas que dançavam à brisa, do galho ao solo.

Após tragar algumas vezes seu cigarro e ponderar sobre como começar a conversa, disse: — O que você sabe sobre o Halloween, rapaz?

Josh deu de ombros. Os olhos oscilavam entre o caminho a sua frente e o homem a seu lado. Homem? Ele já não estava mais tão certo.

— Doces? Crianças fantasiadas gritando "Doce ou Travessuras"?

— Além disso? — perguntou o outro, como um mentor esperando que seu pupilo passasse no teste.

— Eu não saberia dizer.

Manolo exalou. — Josh — parou de andar e encarou-o. — Eu posso te chamar de Josh, certo?

— Claro — respondeu, baixando o olhar para encontrar os olhos pequenos com alongadas pupilas de predador.

— Eu preciso ser bastante direto porque nós não temos muito tempo, e você vai precisar de toda esperteza dentro do seu cérebro pra ficar bem por aqui. Estamos entendidos?

— Acho que sim...

— Certo... Ou seja, não. Claro que não. O que eu espero de você, garoto? — Ele riu, mas o som saiu triste. — Eu sinto muito, você me parece um bom rapaz.

Josh não respondeu. A maneira como o diretor do circo se dirigia a ele nada tinha de piadas ou tentativas de ludibriá-lo. Ele falava *sério.*

— Sabe, garoto — voltou a andar sem aviso prévio —, eu fundei esse circo como uma espécie de segunda chance. A morte não é muito comunicativa, nem sempre dá avisos sobre sua chegada.

— *Morte*? O que a morte tem a ver com qualquer coisa?

De Manolo saiu um som picotado, cansado. Outra vez: triste.

— Olhe ao seu redor, garoto. Nada no meu povo te parece... *estranho*?

Os olhos do homem-macaco escorregaram para seu consciente. O pelo vasto, as patas como couro. Um formigamento familiar subiu-lhe pelas pernas, como sempre acontecia quando os mundos se fundiam. Esse e o de lá, aquele sobre o qual nunca falava porque ninguém acreditaria. O motivo pelo qual Mason insistia para que cuidasse da sua tal mediunidade. Os corvos crocitavam aqui e lá em discussão usual, andando pelo terreno em busca de alimentos. Josh observou como deixavam Manolo passar, não saindo do caminho, como faziam com todos os outros, *dando passagem.*

Seu sangue esvaiu para as extremidades, e ele já não sabia se estava só com fome ou se já era medo. A pergunta balançava em sua mente como o pêndulo de um ilusionista.

Nada no meu povo te parece... estranho?

Tentou ser casual, desconversar:

— Uma trupe de circo não é sempre peculiar?

— Eu não tenho tempo pra isso, garoto. Olha ao seu redor. Olha pra mim! *O que você vê?* — A intensidade na pergunta não tolerava brincadeiras, não tolerava que ele buscasse por mais respostas além daquela à sua frente.

— Excelente maquiagem — respondeu, mesmo assim.

— Você pode passar quanto tempo quiser tentando colocar lógica onde você não achou nenhuma.

Manolo parou na cerca verde de ferro que os separava da floresta.

— Olhe bem, e se você tem a capacidade que eu temo que você tem, você vai ver.

— Ver o quê?

— *Olha*! — O diretor apontou com ênfase para a floresta.

De imediato, tudo o que via era o caminho de terra e a grande concentração de árvores. Nenhuma pessoa, nenhum animal. Porém, como quem se acostuma com o efeito de um colírio, uma outra imagem se abria nas trilhas à sua frente. E as árvores de Berlim deram lugar a palmeiras e árvores altas com folhas feitas de minúsculas samambaias, muito mais verdes do que deveriam ser.

Ele deu um passo para trás e arfou, inconsciente do gesto.

— Foi o que eu pensei — lamentou Manolo, olhando para ele. — Garoto, no *Halloween* e até o segundo dia do mês de novembro, por algum capricho da Natureza ou *antinatureza*, outros mundos, de outras existências, nem todas físicas, colidem com a Terra. Está me acompanhando?

Josh o encarou, mas não respondeu.

— Enfim, a festa é um portal que se abre e permite a transição de outras formas de vida para dentro da Terra. O nosso circo reside em uma esfera conhecida por vocês como *Além*.

Dentro de Josh, a certeza se alastrava como um vírus. Os olhos do homem-macaco não o deixavam, grandes bolas de gude captando a luz das chamas. As escamas de Manolo, o comportamento dos corvos, a mata tropical fundida com a floresta europeia, o efeito magnético que o parque exercia sobre ele. A pergunta deveria estar estampada em seu rosto, pois Manolo articulou sua resposta de forma doce:

— Quer dizer que todos nós, membros desse circo, estamos mortos, filho.

CAPÍTULO 7

— Você está tentando me assustar para eu sair daqui e não contar pra ninguém sobre a sua possível ilegalidade.

— Você *não pode sair* do terreno. Tente e veja onde vai parar. Eu já disse o que tinha para dizer, agora acredite no que quiser, saia ou fique. Eu lavo minhas mãos. — O dono do circo andou em direção ao centro do parque.

— Você não pode dizer uma coisa dessas e ir embora — protestou Josh, emergindo do choque. A necessidade de disputar sua descrença o impulsionava.

— Posso, e fiz. Agora, se ainda está aqui atrás de mim feito um cachorro, é porque alguma coisa em você não tem certeza se estou brincando ou não. Certo ou errado?

As palavras lhe escaparam. Seu olhar vagou para a direita, onde a floresta se erguia, e a selva dentro dela.

— *Certo* ou *errado*?

O silêncio respondeu por ele.

— Quer me tocar? É *pe-le*.

Joshua recuou. A mão do diretor do circo se estendia em sua direção, exibindo uma tapeçaria viva de escamas. Sob o sol, elas pulsavam e se contorciam. Cada uma delas, uma cratera perfurada por milhares de buracos microscópicos que pareciam penetrar nas profundezas da carne. O padrão antinatural sugeria um mosaico perverso, costurado por um artista demente. A tripofobia — uma fobia que jamais o afetara antes — o atingiu como um soco no estômago.

— Desprezíveis e ásperas escamas de uma iguana — a voz de Manolo o arrancou do transe. — É isso o que você vê, está estampado no seu rosto. É isso o que é.

— Bem... eu... — As palavras tropeçaram em sua língua. Como explicar seu nojo sem soar ofensivo?

— Está tudo bem, rapaz. Eu não vou te morder se me achar feio. — O comentário arrancou um sorriso de Josh. A iguana suspirou. — Você sabe que pode confiar nos seus olhos; você é um daqueles que sentem a energia de uma coisa que não é deste mundo. Você vê a diferença. É isso o que você é.

— Como sabe *o que* eu sou? — Josh debochou, embora abalado pela precisão com que o outro detectara sua conexão confusa com o Sobrenatural, sem que ele mencionasse o assunto. — O senhor parece saber mais do que eu... — tentou desviar, assumindo um tom casual que soou falso até para si mesmo.

— Sei de muitas coisas. E sim, sei mais do que você.

No centro da rua principal do parque, além das xícaras giratórias, a tenda do circo se erguia branca e vermelha, soberana por trás da antiga casa de espelhos.

— Eu sempre fui muito sugestionável — acrescentou, referindo-se à sua capacidade de enxergar outras esferas e ouvir criaturas que não pertenciam à Terra.

— Está bem, garoto. Você viu o que viu e agora faça o que quiser. Eu tenho um espetáculo para preparar e atrações para inspecionar.

— Mortos, você disse? — ele riu. — Como assim mortos? É uma metáfora para algum tipo de liberdade artística ou...?

— Garoto, faça um favor a você e a mim. — Eles passavam agora pela montanha-russa em forma de grande felino colorido, de dentes afiados e olhar malicioso. — Se é para ficar enchendo meus ouvidos com a sua negação, grave uma mensagem e deixe no meu escritório para eu ouvir quando tiver tempo. Eu disse o que tinha para dizer, faça o que preferir com a informação porque estou vendo no brilho dos seus olhos e na coloração do seu rosto que há um excitamento dentro de você louco para explodir. Você ou acredita em mim, ou pelo menos está trabalhando muito duro para me convencer a te mostrar provas que convençam a parte lógica do seu *cérebro*, para que você, finalmente, possa acreditar em mim sem sentir vergonha de si mesmo.

— Você também é *vidente*? — O tom era de brincadeira, mas as palavras do diretor acertaram em cheio.

— Não, a vidente é a Anca, você vai conhecê-la mais cedo ou mais tarde. O que eu sou é o cara que já trabalhou com milhares de vivos desesperados por acreditar, mas com medo de o fazer, e destruírem o pouco de segurança que construíram ao redor de si para deixar a vida mais tolerável.

Na entrada da tenda, a trupe havia construído um bufê. O aroma de bacon, pão fresco, linguiça e ovos mexidos seduziu suas narinas. Josh salivou; o estômago protestou, agora de fome.

Sentados em uma mesa com longos bancos de madeira, sete pessoas se empanturravam em um rico café da manhã.

— Oh, não. Eu não posso assistir a isso — Manolo observava seu povo comer e se virou.

— O quê? — Josh riu. — As pessoas *comendo*?

— Como porcos! Eu sempre digo aos ajudantes para não trazerem tanta coisa, mas eles ficam com dó e querem atender todos os pedidos. Meu Deus. Que desastre — ele espiou sua trupe e virou a cabeça, outra vez.

— Bem, sim... eles parecem famintos. Como se...

— Não tivessem visto comida em muito tempo? É isso?

Josh os observou com olhos semicerrados, analíticos.

— É... — admitiu, contrariado.

— Isso é porque eles não viram. Esses são os únicos três dias no ano em que podem ingerir comida.

— E isso não é bom? — Josh cruzou os braços, observando a trupe sem ser notado. A fascinação causada pelas guloseimas exercia um efeito quase mágico sobre eles. Josh riu.

— Você sabe o que acontece com seu corpo quando morre? Daqui alguns dias, eles voltarão a ser o que eram e o corpo vai se livrar do que ingeriu, e eu te digo, não é bonito. E vem acompanhado de *muita* dor. Só porque você pode comer, não quer dizer que *deveria*. Eles ainda estão mais mortos do que vivos.

O estômago de Josh revirou.

— Digamos que eu acredite...

— Ah! — Manolo triunfou.

— Quando a gente morre, não vai para algum lugar melhor? Um... sei lá...

— O quê? Para o *céu*? — A iguana riu. — Isso aqui parece o *Paraíso* para você? Ou eu, um anjo? — Acendeu outro cigarro do bolso. — Isso sim seriam novidades.

— Mas um circo?...

— O circo é um lugar capaz de acolher peculiaridades, é inclusivo por natureza. Um lugar de magia e maravilhas. É o tipo certo de energia.

— Então, quando você morre, não vai para lugar nenhum? — Josh ponderou distraído, observando os outros comerem e compreendendo a aversão de Manolo.

— Vai para um monte de lugares, e a maioria termina assim, solitária, abandonada e esquecida por Deus. Nós somos tudo o que temos.

— Mas... uma *iguana*?

— Faz parte do meu trauma.

Josh o encarou, curioso para saber como um trauma teria transformado um ser humano em um humanoide, mas uma discussão vinda da mesa chamou a atenção de ambos.

— De todas as pessoas, você é exatamente a que não deveria estar fazendo isso. Principalmente não esse ano! — gritou Anna-Sena para um homem muito alto, cujos músculos indiscretos e excessivos subiam e desciam no ritmo de sua fúria.

Ele respondeu algo que eles não conseguiram ouvir. Em um movimento abrupto, ela se levantou, pegou uma garrafa da mesa e a arremessou no chão. O homem ergueu-se, punhos cerrados.

— Vai bater em mim, Scott? — Ela estufou o peito. — Vai. Bate!

O homem-macaco e uma moça asiática, que Josh ainda não havia notado, a seguraram. Gabriel falou com o homem, cuja expressão corporal, ainda agressiva, exalava uma energia de ameaça.

Manolo correu até eles, seguido por Josh, que encarou o gigante ao vê-lo passar. Narinas dilatadas e bochechas avermelhadas, os olhos baixos de quem carrega culpa.

— Anna-Sena, o... — Manolo chamou, ao vê-la gesticular furiosa.

— Agora não, Manolo.

Ela passou por eles sem encará-los, seguida pela moça e o homem-macaco.

O diretor do circo a observou partir. E tudo em sua expressão corporal indicava estado de alarme.

CAPÍTULO 8

Manolo se despediu de Josh, reforçando o que já havia dito: o que fazer era decisão do rapaz e ele lavava as mãos sobre as consequências.

Sentado à pequena mesa de seu trailer, com uma xícara de chá nas mãos e um pequeno café da manhã à sua frente, Josh organizava as ideias. Os olhos pesavam por ter levantado em um horário tão incomum, a mente era um lago onde ideias eram algas batendo aqui e ali contra o seu consciente.

Quase não tocara a torrada com manteiga e compota, o corpo ainda tinha outras coisas para digerir, mas sabia que não podia passar o dia inteiro sem ingerir nada.

Fixou o olhar na floresta do outro lado da cerca. Como uma miragem, a selva sinistra misturando-se às árvores locais não deixava dúvidas sobre a presença dos mundos que o atormentavam e fascinavam desde menino. Havia uma parte dele relutando para acreditar. Aceitar o surrealismo da situação como um fato era aceitar a existência de ainda mais coisas que não se podiam explicar, com a desvantagem de poder vê-las. Isso era o suficiente para fazer alguém enlouquecer ou ser considerado louco.

Assim, como o perfume de uma flor que se abre, a imagem da moça maquiada inundou sua mente. Josh sorriu sem intenção de fazê-lo, a fúria dos gestos dela inchando em sua memória, a expressão selvagem no rosto, a maneira doce como ela lhe sorrira no escritório de Manolo. Ela o fazia lembrar de um gato: bela e soberana à primeira vista, inofensiva, mas se você a tocasse onde ela não queria, explodia e o feria.

— Anna-Sena... — sussurrou. Levou a xícara de chá aos lábios mais uma vez.

O diretor do circo tinha razão. Razão absoluta até: Josh não duvidava da veracidade das revelações feitas, ele, na verdade, temia que fossem parte de uma brincadeira, porque ele queria acreditar.

Através do véu de vapor do chá, Josh observava alguns deles seguindo para falar com o dono do circo: o homem-macaco, a moça asiática, Anna-Sena. Pessoas como ele, porém, não mais entre os vivos.

Não exatamente como ele.

Havia o dono do circo, uma iguana e o macaco elegante. Por uns segundos, tentou decifrar o motivo pelo qual alguns deles haviam se tornado criaturas antropomórficas após a morte. Um evento traumático, Manolo havia dito.

Coisa de filme. Pensou e riu.

Avistou o homem que havia brigado com Anna-Sena, carregando uma mesa longa sobre os ombros. Medindo pelo menos dois metros de altura, e tantos músculos por braços, abdômen e pernas, visíveis pelo jeans surrado e o peito sem camisa, que o permitiriam carregar uma casa inteira, se quisesse, imaginou Josh, bebericando. Mais à frente, uma mulher negra, também jovem, pouco mais velha que ele ao que parecia, carregava uma jaula considerável. Na jaula, Josh precisou se inclinar em direção à janela para ter certeza de que estava vendo certo, estavam bonecas de pano, sentadas, encarando o horizonte.

Uma figura alta, vestida em um longo manto preto, desapareceu como a sombra de uma cobra para dentro de uma das caravanas estacionadas próxima ao seu trailer e reapareceu fora dela.

Batidas na porta tiraram Josh de suas especulações, assustando-o mais do que esperava, fazendo-o derramar um pouco de chá na mesa.

— Ah, merda! — levantou, e sacudindo a mão molhada: — Já vou!

Lavou as mãos na pia e passou um pano na mesa antes de respirar fundo e seguir em direção à porta.

— Oi — disse Anna-Sena, assim que ele abriu, exibindo um sorriso cansado, porém sincero. — Posso entrar?

— Cla...ro — a voz de Josh saiu picotada pela surpresa agradável.

A moça subiu no trailer, levando as mãos aos quadris para olhar em volta.

— Eu nunca vi um desses — ela sorriu admirada, absorvendo cada detalhe do veículo luxuoso.

Josh fechou a porta e observou a maneira como ela movia as mãos, esfregando uma na outra, passando a impressão de um certo nervosismo ou da busca pelas palavras certas. Ela parecia adiar o início da conversa, porém de forma segura, como alguém acostumada a lidar com pessoas na situação em que ele se encontrava.

Aproveitando-se da distração dela, Josh tirou uns segundos para examiná-la. O rosto, mesmo coberto pela pesada maquiagem que a transformara em uma caveira de açúcar, era oval e harmonioso, de certa forma, iluminado. Era como olhar para uma pintura e tentar adivinhar como era por debaixo das camadas criadas pelos anos. Os longos cabelos lisos e escuros, presos em um rabo de cavalo, exibiam um pescoço alongado de pele oliva, desenhando um corpo de curvas bem definidas e longas pernas para a baixa estatura.

— Manolo já te contou sobre nós? — ela formulou como uma pergunta, mas pela expressão em seu rosto, já sabia a resposta.

Joshua sorriu, sem saber como responder e apontou para o sofá junto à mesinha.

— Não quer sentar?

Anna-Sena aceitou, e ele sentou-se à frente dela, e abaixou o olhar para encarar a xícara agora vazia. Só quando o rosto queimou, percebeu o efeito da presença dela.

— Ele disse um monte de coisas bastante impressionantes.

— E você não acredita? — a voz dela saiu doce, paciente e melodiosa.

E como ela o deixava inquieto. E à vontade, ao mesmo tempo, como se ele tivesse a necessidade de dividir com aquela mulher que via pela primeira vez, tudo sobre si. A energia que nos une àqueles com os quais não precisamos trocar muitas palavras para saber que há uma amizade espreitando, esperando a névoa dos primeiros momentos clarear, revela uma ligação já formada em algum lugar além.

Ele riu, sem jeito. Olhando para a floresta.

— Eu não sei no que eu acredito.

— E por que não tentou ir embora? — a pergunta era sincera, mas os olhos dela brilhavam em desafio.

Ainda encarando o mundo fundido lá fora, Josh respondeu: — Porque eu vi uma coisa... eu vejo coisas desde criança.

Ao virar para Anna-Sena, viu suas sobrancelhas arqueadas, em expectativa. Simpática e espontânea.

— Eu acho que acredito. Eu acho que eu quero acreditar. Pelo menos, uma parte de mim quer.

— Que bom! Assim eu não preciso fazer um discurso pra tentar te convencer.

Eles riram.

— Você não tem medo? A maioria dos vivos se sente desconfortável na nossa presença.

Josh deu de ombros.

— Não vejo motivos, você me parece bastante viva.

— E hoje eu estou. — ela respondeu, em tom teatral. — Eu posso até ser tocada. — disse e estendeu a mão.

— Bastante viva. — Josh navegou na leveza da energia dela, e lhe apertou a mão.

— Já Manolo... bem... e aquele outro, o macaco. — fez uma careta.

— Paco. — ela riu, revelando o nome da criatura. — É... esses dois. Bem difícil de se compreender. Eu sei.

— Por que eles são assim? Animais? Eu não quero ser rude, mas é imposs...

— Eles sabem da estranheza que a aparência deles causa, você não precisa se desculpar. Manolo te disse alguma coisa sobre ser uma iguana?

— Disse que era um trauma.

— Anna-Sena acenou; o rosto, há poucos segundos tão radiante, foi encoberto pela sombra da tristeza. Os olhos escuros e brilhantes fixaram-se nos acontecimentos do outro lado da janela.

— Você aceita um chá? — Josh tentou driblar o silêncio, não querendo perder o calor da companhia dela.

— Tem café? Brasileiros tomam mais café que chá. Ou pelo menos, tomavam. Eu não sei, eu sei que eu prefiro café.

— Brasileiros? — apontou o indicador para o próprio rosto, e levantou para examinar os armários da pequena cozinha. Tinha certeza que havia comprado café.

— Você pensou que eu fosse mexicana? — ela riu, leve.

Josh abriu as portas, buscando pelo pó.

— Bem... é de se imaginar, não?

— Verdade... Não, eu sou brasileira. Ou fui... Manolo é que é mexicano. Foi ele que me encontrou e praticamente me adotou. Quando ele sugeriu que eu fizesse isso com o meu rosto, eu aceitei porque amo a maneira como eles lidam com a morte. E porque eu acho bonito.

Virou-se para ela com um potinho de café instantâneo na mão.

— Só tem esse. — encolheu os ombros e fez uma careta. Apologético.

— Que horror! — ela foi teatral outra vez, brincalhona. — Pode ser esse mesmo.

Josh ligou a chaleira elétrica e pegou uma xícara para ela.

— Quantas colheres?

— Como assim, colheres? Coloca a água no pote.

— Sério? — a voz de Josh saiu inocente e um tanto estupefata.

A risada de Anna-Sena ecoou pelo trailer como um bálsamo.

— Não! Claro que não. — corrigiu, entre risos. — Sei lá. Três. Quatro.

Corando, porém com o sorriso nos lábios de um orgulho embaraçoso e pubescente por ter provocado tal reação nela, Josh colocou algumas colheres de café na xícara, encheu-a com água e a colocou na mesa, em frente à moça, que o olhava com resquícios de riso nos lábios.

— De onde do Brasil? — pegou mais um pacotinho para si.

— Do Rio. — ela mexia o pó de aroma adocicado. — Mais clichê impossível.

Agora foi a vez de Josh rir; e sentou-se.

— Ana Helena Azevedo Sena. — ela disse, e levou o café à boca.

— Amém. E viva os infinitos nomes latino-americanos! — ela riu junto e levantou a xícara, em reconhecimento. — Mas piadas à parte, muito bonito seu nome.

— Obrigada. — bebericou o café, os olhos castanho-avermelhados absorvendo a luz. Ela comprava tempo, pensou Josh. Mas logo disse: — Me diga uma coisa, o Manolo te contou o que é exatamente o que fazemos aqui?

No rosto dela Josh lia que ela duvidava de que seu chefe tivesse tido tempo ou energia de comunicar a um moço perdido—ele—entre os mundos, o real motivo pelo qual eles estavam ali.

Josh, que tinha acabado de tomar um gole de seu chá, colocou a xícara de volta na mesa, e respondeu, interessado.

— Não, mas eu estou louco de curiosidade.

Anna-Sena riu. Não um riso largo e solto, como na ocasião da quantidade de café alguns minutos antes, mas distraído, buscando por palavras. Disse, então:

— O que você sabe sobre o Halloween?

— Não muito. Manolo me disse algo sobre um portal? — ergueu os ombros e fez uma careta.

Ela sorriu.

— Isso. Nestes três dias, nós temos acesso ao mundo dos vivos e alguns se tornam físicos.

— Como vocês.

— Exato. Isso acontece com a ajuda de um grupo de médiuns que tem a capacidade de materialização.

Algo em Josh mexeu, como um gigante acordando de um sonho profundo. O coração batia mais rápido agora, mas o colibri não queria fugir, ele queria entrar.

— Isso é possível?

— Você ficaria chocado com tudo o que é possível.

— Sou todo ouvidos.

O olhar trocado foi mais longo agora; os olhos dela acompanhavam a xícara dele até os lábios. O calor da atenção recebida se espalhou por Josh, como o toque do sol de verão. Era como crescer vinte centímetros.

Ela permaneceu em silêncio, por um tempo, até que retomou a palavra.

— No México, as pessoas honram seus antepassados. Com cemitérios coloridos e festa, relembrando e celebrando aqueles que já se foram para que eles não parem na terra dos esquecidos.

— É uma filosofia bem bonita.

— É linda. E bem... nem todo mundo é lembrado. Manolo, por exemplo, foi para a Terra dos Esquecidos.

Josh sentou-se mais ereto, ouvindo com o corpo inteiro.

— E ele fugiu. — emendou ela, especulativa, ao perceber a maneira interessada e quase excitada com a qual ele absorvia sua narrativa. — Ele teve uma morte dura e com a família em sua grande parte já falecida, bem... ele não foi mais lembrado por ninguém. Nem mesmo por sua paróquia. Quando...

— Não, não. Volta aí um capítulo. Paróquia?

— Ele não te disse que tinha sido um padre?!

— As imagens de Manolo: a iguana bocuda fumando cigarro encheram sua memória, como reprise do melhor dos stand-ups. A gargalhada veio rolando do fundo da alma.

— Não. — disse Josh, com olhos arregalados e o rosto queimando de animação. — Definitivamente não.

— Mas é a primeira coisa que ele conta pra todo mundo. Enfim.

— Desculpa a reação, me parece imprópria nesse contexto, mas nunca ia passar pela minha cabeça que aquele cara foi um padre.

— Por quê? Porque ele é assim, enérgico? — ela riu. Ela entendia.

— Bem... sim! Ele não é a imagem que eu tenho do guia espiritual de uma comunidade.

— Manolo tem os motivos dele pra ser como é. Ele se sente abandonado por Deus, depois de tudo o que viveu, e acredita que nós também somos. Que fomos parar no circo porque fomos rejeitados. Porque somos rebeldes. Mas a verdade é muito mais complexa que isso e eu tenho certeza que ele sabe, mas lidar com ela é sempre mais doloroso do que seguir com velhas convicções na cabeça. E assim a gente vai confortável evitando mudanças, criando a própria realidade. Cada um, a sua. — ela fez uma pausa. Quais seriam as histórias que ela se contava? — Enfim. A história é longa, mas a versão compacta é que ele acredita nos benefícios de reunir os mortos com os vivos. Suas famílias, seus amigos. Ele acredita que mais pessoas precisam saber sobre a ordem das existências após a morte física nesse mundo.

— Tem um porém nadando aí.

— Sim, tem. — ela lançou um olhar admirado a ele, que aceitou o elogio não verbal em um longo gesto exagerado. — Os lugares do outro lado da vida, digamos assim, são bastante hierárquicos. Sim, pode arregalar os olhos, me surpreendeu também. Acredite, eu morri na ditadura e não estava contando com essa.

— Na ditadura? Eu nem sabia que o Brasil tinha vivido uma ditadura. Essa história eu também preciso saber.

— Eu vou contar. — ela sorriu. — Mas vamos focar no circo agora.

— Certo. — Josh se ajeitou no banco, preparando-se para absorver histórias que, com certeza, usaria em seus próximos filmes. Se o atual desse certo, é claro.

— Essa hierarquia impediu Manolo de promover encontros físicos entre mortos e vivos com ajuda desses médiuns sobre os quais eu falei. Há possibilidades de comunicação, mas também há uma certa burocracia, estudos, permissões, nível de evolução.

— Meu Deus, o além é a Alemanha!

Anna-Sena riu alto.

— Pela sua reação, você já consegue imaginar a dificuldade de conseguir alguma brecha no sistema ou uma audiência com alguém que ouvisse. Foi aí que ele tomou um outro curso e passou a viver em uma terra mais, digamos, sem lei. Quando criança, ele conheceu um circo que vinha para a cidade, uma vibe de alegria, magia e até um pouco de medo. O circo tem uma aura de liberdade que se mostrou a energia certa para os planos dele. Como eu disse, longa história. Em aparições que ele conseguiu fazer com ajuda de médiuns, Manolo convenceu pessoas a fazer um teste e ver se esse ritual que ele tinha em mente, funcionava.

— E funcionou, pelo jeito.

— Não logo. Há médiuns que conseguem se mover de um mundo para outro, embora não por períodos longos, mas essas são pessoas com habilidades específicas e treinamentos específicos, não é todo mundo que pode ir dar uma voltinha no além pra tomar um café com o avô. — disse ela, tão espontânea, que ambos riram. — E aí, ele se lembrou do *Halloween* e do Dia dos Mortos. Neste dia, os portões estão abertos e toda pessoa morta pode cruzar a fronteira dos mundos. Com o tempo, séculos, acredito, ele foi aprimorando as técnicas, a maneira como manipular energia, a maneira como ensinar os *vivos* a manipular energia para que todos pudessem ter uma experiência física nesses três dias.

— Então, as pessoas que vêm para a festa são os mortos?

— Sim e seus familiares e amigos vivos. Essas são pessoas que sabem sobre o circo e estão dispostas a passar pelo treinamento junto aos médiuns, que nos auxiliam ao redor do mundo. Esse é o dia em que eles vêm se encontrar. E é sempre lindo de se ver.

Por um segundo, Josh permaneceu em silêncio, digerindo e degustando as informações vindas da moça.

— E vocês? Como entraram nessa?

Anna-Sena bufou.

— Já sei, longa história. — Josh respondeu por ela.

— Exato. — ela tomou um gole do café e reclamou que estava frio. E ele levantou para preparar um novo, embora ela não tivesse pedido, colocou pó em uma nova xícara e ligou a chaleira elétrica. —

Outras pessoas já passaram pelo circo e foram embora. Dos fundadores só ficou Manolo, depois veio Anca, as gêmeas e Li-Mei. Eu fui uma das últimas, seguida por Paco e depois Gabriel. E é isso.

O borbulhar da água no aparelho preencheu o silêncio por alguns segundos. Josh colocou a xícara com o café novo em frente a ela e sentou-se.

— Uau. Então, vocês promovem reuniões familiares. Isso é forte. E fazem apresentações também?

Anna-Sena acenou que sim, tomando um gole.

— Cada um de nós desenvolveu um talento específico e há apresentações, normalmente, como em todo circo. É uma forma de celebrar e quebrar o gelo. Embora as nossas apresentações sejam mais assombrosas que as no mundo dos vivos. Claro, que graça teria? — ela riu e ele a acompanhou. — E você? O que você faz? E o que tá fazendo aqui, nesse lugar remoto, sozinho, em pleno *Halloween*?

Anna-Sena levou a xícara aos lábios, encarando-o, e Josh contou sobre o acontecido, sobre seu prêmio e seu filme e eles engataram em uma longa conversa, animada e desenfreada sobre os filmes de Doris Day e a sublimidade de Marilyn Monroe em *Quanto Mais Quente Melhor*, passando pela elegância e astúcia de Audrey Hepburn em *My Fair Lady*, elogiando as vozes inesquecíveis dos membros do *The Temptations*. Visitando as memórias do clássico *Vertigo*, de Orson Welles e Hitchcock, e retornando aos grandes sucessos da *Motown Records*, que acabou com Anna-Sena cantando *Where Did Our Love Go* das *Supremes*. Sua voz, como o canto de uma sereia, trazia consigo os ecos de um antigo romance de Hollywood, transcendendo as fronteiras do tempo e do espaço.

— Eu não sabia que '*tava* fazendo amizade com a grande Diana Ross! — Josh a aplaudiu.

— Pra você ver. — ela riu, olhou para o relógio na parede e arregalou os olhos, levantando-se. — O tempo voa, eu preciso ir.

— Mas já?

— Eu preciso terminar alguns preparativos. Mas dá uma meia hora e vem pra parte traseira da tenda conhecer os outros. Almoça com a gente.

— Eu adoraria!

— Até logo, então.

Anna-Sena saiu, deixando para trás o som de sua voz e o cítrico de seu perfume, ecoando por Josh.

Da estrada de terra no meio da selva dentro da floresta, ainda insubstancial e lento, esperando o momento de fazer sua estreia, ele olhava para a casa sobre rodas do vivo de ouro. O rapaz, que quando menino visitava os mundos que cruzam este, tornando físico o que é volátil, trazendo vida a quem não tem nenhuma. Aquele moço, que transitava entre as esferas dos mortos e dos *Outros* sem a mais remota ideia da força das habilidades que tinha, sem treino para controlá-las ou protegê-las de abusos, agora ali, no lugar certo, no dia desejado. Finalmente.

Ele pegou seu fumo, uma das poucas coisas capazes de transcender universos, acendeu-o. E imersa nas sombras de palmeiras e árvores altas com folhas como minúsculas samambaias, brilhava a ponta avermelhada e luminosa de um charuto.

CAPÍTULO 9

Quando Josh se aproximou da confraternização, os presentes congelaram o que estavam fazendo para encará-lo. Como uma alcateia de lobos cercando um cervo.

Eles estavam todos sentados a uma mesa longa de madeira e pernas de metal, divididos em bancos compridos, com a mesa ao centro. A tenda do circo reinava vermelha e branca atrás deles, as cortinas fechadas impediam a visão da lona.

Próxima à trupe, aos pés de um *trailer*, estavam dois carros de bufê, os mesmos que ele tinha visto naquela manhã, acreditou. Liberavam vapor, e o vento mais forte naquela hora do dia carregava os aromas deliciosos até suas narinas e sacudia os pinheiros que tocavam sua canção do mar.

Um homem negro, alto e elegante, com os ares de um político popular, carismático e atraente, já caminhando para os seus quarenta, girou o corpo onde estava e o olhava por cima dos ombros, com o anelar da mão esquerda marcando a página de um livro. Um rapaz jovem, mais jovem ainda que ele mesmo, loiro e esguio, levantou-se ao vê-lo e o encarava com as mãos nos bolsos da calça. A mulher negra, a mesma da jaula com bonecas de pano, parou antes de chegar à mesa, com uma pilha de pratos vazios nas mãos. O homem-macaco o contemplava de braços cruzados e parecia entediado. O rapaz que o guiara até Manolo no início daquela manhã estava encostado no *trailer* com uma garrafa de vidro na mão, talvez de cerveja. Ele era o único que lhe sorria.

O moço loiro saiu de seu lugar, caminhando em sua direção, as mãos nos bolsos, olhar gélido e atitude hostil. Atrás dele, um corvo pousou sobre a tenda, gritando seu chamado a outros de sua espécie, que respondiam das árvores vizinhas, quebrando o silêncio.

— Para com isso, garoto, ele não tem medo da gente. — Anna-Sena saiu do *trailer* e alterou o clima. O rapaz se virou para ela e encarou Josh outra vez, ainda parado a poucos metros da mesa.

— *Como assim* ele não tem medo da gente?

— Ele não tem medo da gente. — Ela foi até ele e envolveu-o com o braço pelos ombros, ação que a fez ficar na ponta dos pés.

— E o que eu vou fazer agora com o meu dia? Eu tinha planejado altos truques. Joshua deu de ombros e sorriu.

— Você — disse a ele o homem alto — pode terminar de montar as barracas, como combinado. — Se aproximou de Josh e estendeu a mão. — Então, você é o diretor que se perdeu aqui. Que loucura. Prince Freeman. Seja bem-vindo.

Josh retribuiu o gesto.

— Joshua Morris. E obrigado.

— *Hmm* — comentou o mais novo, se libertando do abraço de Anna-Sena e seguindo ao encontro do novato. — Hermann Wolf, prazer.

— *Hermann*? — Josh fez uma careta inquisitiva e apertou a mão do rapaz.

— *Ei*! Era um nome moderno em 1918, quando eu nasci. Você não fez piada com o nome dele, e ele se chama *Prince*.

Josh estalou a língua e deu de ombros, maroto.

— Fazer o quê? Eu gostava do cantor.

O som do riso dos demais quebrou o feitiço de assombro por completo.

— Piadista você, Joshua Morris? — comentou Hermann, bem--humorado.

— Eu tento meu melhor. Mas eu jamais serei tão engraçado quanto você...

— Excelente resposta! — confirmou o rapaz. — Você pode ficar. Ouviram? Ele pode ficar.

— Certo — repreendeu a mulher jovem e negra, que tinha acabado de colocar os pratos na mesa, revelando que eles já estavam à espera de Josh, pois um prato era destinado a ele — como se você decidisse qualquer coisa por aqui, magrelo. Contribua e traga comida para a mesa, ao invés de ficar cantando de galo. — Aletha de la Cruz — se apresentou, sorrindo — e eu acho um bálsamo que você não tenha medo de nós.

— Vamos ver até quando. — respondeu o homem-macaco, que ainda não tinha se pronunciado, sentando-se no banco.

— Já conheceu nosso *raio de luz*? — ela continuou, de braços cruzados, olhando em direção ao macaco, com um sorriso implicante nos lábios. — Francisco Cortes Guzmán, ou simplesmente *Paco*, e provavelmente, a pessoa *mais simpática* a cruzar o seu caminho, durante toda a sua existência.

Paco ignorou e não virou em direção a eles; continuava folheando uma revista pousada na mesa, na qual Josh pensou ter visto fotos de homens nus, porém estava muito longe para ter certeza.

— Nós já nos apresentamos. — disse Gabriel, quando Aletha fez menção de apresentá-los.

— É sempre bom ter gente por perto que não fica pelos cantos, encarando. Senta, seja bem-vindo.

Josh hesitou, por um instante.

— Já sei — disse Anna-Sena, trazendo uma garrafa de suco e uma pilha de copos — Manolo te disse que — os outros uniram-se a ela, em um coro debochado — *só porque você pode comer, não quer dizer que deveria.*

Josh riu, aceitando o convite para se sentar, e encontrou lugar ao lado de Prince e longe de Paco.

— Foi exatamente isso o que ele disse.

— Mas fuma igual uma chaminé — acrescentou Hermann, que voltava com duas tigelas, uma de arroz e uma de cozido, colocando-as na mesa e inalando o aroma. — Cada um com seus prazeres, *eu* diria.

— E nisso preciso concordar com você, irmão. — disse Prince, e serviu suco para todos; pegou seu copo para brindar com Hermann.

— E quem traz essas coisas pra vocês? — Josh olhava para Anna-Sena, que distribuía guardanapos e retribuía seu olhar. — Eu imagino que alguém faça?

— Não, sou eu que estalo os dedos e aí aparece tudo. — respondeu Paco, os olhos fixos na moça cantora. Ele parecia criticá-la por algo e era ignorado por ela.

— Deixa de ser chato. — cortou Gabriel. — Sim, Josh, nós temos ajuda de vivos, claro. Nada do que nós fazemos seria possível sem ajuda de vivos. Vai conhecer alguns deles mais tarde, quando a festa começar.

— Mas me diga, Joshua — emendou Aletha — por que você não tem medo de nós?

— Bem, vocês não me parecem, necessariamente, assustadores. Eu... — porém, antes de terminar a frase, seu olhar que ia de um membro para o outro na mesa, caiu na tenda do circo atrás de Aletha, onde duas jovens idênticas, vestidas com roupas de um outro século, pálidas como cera de vela branca, de longos cabelos dourados, cheios e despenteados o encaravam de volta. — Com exceção *delas*.

Os demais viraram-se em seus lugares e acompanharam seu olhar.

— Ah... as gêmeas. — respondeu Anna-Sena, objetiva, servindo os pratos à sua frente. — Cora e Adelaide. — Ela olhou sobre os ombros, para ver as jovens andando de mãos dadas e com a mão livre fazendo pantomima de quem carrega um candelabro. Ela riu e retornou o olhar para Josh. — Elas estão fazendo um ato pra você.

— Fantasmas vitorianos. — emendou Hermann.

— *Bastante* convincentes. — Josh murmurou, as mãos geladas, desconfortável, pela primeira vez.

— Pelo que sabemos — esclareceu Anna — elas nasceram nessa época, mas não sabemos mais sobre elas. Não falam muito.

Ambas se sentaram ao lado de Anna-Sena em frente a Josh, os olhos pretos fixos no jovem diretor.

— Prazer... — ele soltou, ainda confuso com a imagem, fazendo Anna-Sena rir. E trocaram mais olhares.

Paco pigarreou.

— Não vai querer saber o que aconteceu com a gente? — perguntou o macaco, levando o garfo à boca e desafiando a moça maquiada com o olhar.

— Aletha, por exemplo, assassinou o marido e depois foi envenenada.

— Hermann, eu *não* matei o meu marido! Para de contar essa história! — Aletha olhou para o seu prato, no tom de quem já repetira a mesma frase por mais vezes do que podia contar, e levantou, então, o olhar sem levantar o rosto, sorrindo conspiratória. — Ou matei?

Todos riram, menos Paco, que com os olhos brilhantes ainda focava Anna-Sena.

— Deixa o Josh perguntar o que *ele* quer saber. — sugeriu Gabriel, salvando o outro, mais uma vez.

Joshua hesitou.

— Eu não sei...

— Não vai me dizer que você não tem perguntas? — duvidou Prince.

— Tenho... eu só não quero ser rude.

— Ingleses! — comentaram quase todos, uníssonos.

— Culpado. — respondeu ele e riu.

Hermann levou um pedaço de carne à boca e sugeriu.

— Você pode me perguntar, como foi ter um caso com Marlene Dietrich, por exemplo.

Os olhos de Josh dobraram de tamanho.

Aletha bateu na mão de Hermann.

— Você não teve um caso com Marlene Dietrich.

— Eu tive. Se disse que tive, é porque tive.

— Ninguém acredita em você, Hermann.

— Até *tu*, Gabriel?

Gabriel riu e jogou um pedaço de pão no outro, que revidou, também rindo.

— Bem... — ponderou Josh, agora sim curioso o suficiente para fazer uma pergunta. — Hermann, se você nasceu antes dos anos vinte e teve um caso com uma das mulheres mais famosas de todos os tempos — os outros giraram os olhos, em deboche amigável — então você viveu durante a Segunda Guerra Mundial.

— Vivi e morri. — confirmou. — Bem aqui, em Berlim.

— Ele era piloto Nazi. — implicou Prince.

— Não era. Josh, eu não era. — insistiu Hermann, e pareceu chateado. — Eu era espião dos Ingleses. Os Nazis descobriram e cá estou. Explodido no ar! — completou, afastando ambas as mãos, soltando um som, imitando uma explosão.

Joshua bufou, sem saber como responder, e optou por encher a boca de cozido.

— Não fica sem jeito, é passado. — confortou o ex-piloto, com um sorriso largo de menino travesso.

— Alemanha, Brasil... quantas mais nacionalidades estão por aqui? — Josh perguntou, mudando de assunto.

— EUA. — Prince levantou a mão. — Vítima e combatente nas rebeliões dos anos 60.

— Brasil. — foi a vez de Gabriel levantar a mão. — Mas morri aqui.

— Colômbia... — respondeu Paco, relutante.

— Cuba. E a história do veneno é verdade. Mas eu não matei o meu marido. Pelo menos, não que eu me lembre.

A risada geral cortou o ar outra vez.

— Inglaterra. — as gêmeas responderam, em uma só voz.

— Essa eu já imaginava. — comentou Josh, e levou o copo de suco à boca.

— E tem Scott, que é dos EUA, Anca é da Romênia. — contou Anna-Sena. — Li-Mei é chinesa, e o outro que vive na caravana da Anca... sobre esse também não sabemos muita coisa.

Os outros deixaram escapar uma risada em um misto de pena e resignação, que aguçou a curiosidade de Josh sobre essa pessoa em particular, mas Anna-Sena ainda falava e ele desistiu de perguntar.

— Anca e Li-Mei não comem. Elas são do Time-Manolo. — ela completou.

— Por falar em Scott, *cadê* ele, Anna? — perguntou Aletha, em voz baixa.

A outra deu de ombros, mas olhou em volta, a expressão apreensiva.

— E isso é comum? — Josh perguntou, percebendo que a conversa sobre o tal Scott, que ele já imaginava ser o homem com o qual a cantora havia brigado, a chateava. — Eu quero dizer, essa mistura de culturas após a vida aqui?

— O além é mais globalizado que o mundo dos vivos. Isso com exceção talvez de Berlim. — disse Prince e os outros riram. — Nós somos a festa dos marginalizados, meu caro. Almas sem destino ou propósito, vítimas de mortes trágicas ou violentas. Se não fosse por Manolo, esse circo e o trabalho que fazemos aqui, acho que nenhum de nós saberia o que fazer na vida após a vida.

O silêncio pairou sobre eles, deixando as vozes da natureza ecoarem pelo parque, trazendo o ranger dos assentos da roda gigante, o grito dos corvos. Um silêncio respeitoso e emocionado.

— Ao Circo das Lembranças Esquecidas. — celebrou Prince, levantando seu copo.

— Ao Circo das Lembranças Esquecidas! — os outros acompanharam. Até mesmo as gêmeas. E Paco.

Ao final do almoço, Prince perguntou a Josh se ele gostaria de ajudar a preparar a festa. Convite aceito de imediato e de bom grado.

— Que vento! — reclamou Aletha, passando por Josh, que montava uma barraquinha de algodão doce com Hermann. Ela carregava uma mala de couro nas mãos, o vestido colava no corpo ao vento mais forte.

Josh olhou para cima, para as enormes nuvens cinza-azuladas movendo-se ligeiras pelo céu de azul intenso. Uma imagem dos deuses. O som de ondas do mar vindo das árvores da floresta. Penetrante.

— É... tá com cara de tempestade.

— Espero que não chova. — ela examinou o céu, e em sua expressão havia algo mais que incômodo. Medo? E seguiu para a casa de espelhos.

Mais tarde, Josh veria os símbolos que ela riscou a giz no chão, próximo à entrada e saída da atração, dentro de círculos.

— Hmm, essa lâmpada queimou. Ficou feio. — comentou Hermann, contemplando a barraquinha cujo arco de lâmpadas apresentava uma falha.

— Me diz onde estão as lâmpadas, eu pego.

Hermann explicou o caminho para o depósito, um pequeno contêiner atrás da tenda e Josh seguiu até lá. Ao deixar o lugar, com uma lâmpada, uma mão o segurou. Não, uma pata: lisa como couro, enrugada e firme. Josh puxou a sua no reflexo, e o coração já batia instável quando encontrou os olhos de bola de gude de Paco. A cara felpuda, os dentes pequenos. Anna tinha razão, os antropomórficos eram difíceis de compreender, o cérebro não queria.

— Eu vou te dizer isso uma vez e quero que você me escute, Joshua Morris. — A surpresa da abordagem fez com que o rapaz congelasse no lugar, sem resposta para dar. Paco respirou fundo e continuou. — Aquela moça — apontou para Anna-Sena carregando um banco com as gêmeas — é a minha pedra mais preciosa.

— Eu sinto muito. Eu não tinha intenção de me colocar no meio de ninguém...

— Não, não isso. — levou a mão à cintura e pendurou a cabeça para o lado. Parecia confuso e o gesto seria cômico se a situação não fosse tão estranha. — Não é óbvio que eu sou *gay*?

— Até é. — Josh admitiu, perplexo, agora com a certeza de que tinha visto homens nus na revista que o outro folheara. — Mas sabe-se lá!

— Eu estou percebendo as vibrações, os olhares... E aquela lá é a minha pedra mais preciosa, minha rainha. Aquela que salvou o que sobrou da minha alma quando cheguei aqui.

— Certo... Então, é um aviso pra não brincar com a sua melhor amiga. — Ele queria se livrar do homem-macaco. Estava indo longe demais.

— Não. — O tom sério na voz de Paco chamou sua atenção. — Eu acho que você não entendeu, moço. Alguma parte de você, aquela que ainda reluta em acreditar que aquilo que você sabe sobre nós é verdade, está se encantando por ela.

Josh não respondeu. Ele estava.

— Foi o que eu temi. — o macaco bufou, levou a pata à testa. — Olha, esses são dias mágicos e se vocês gostaram um do outro eu sou o último que vou ficar no caminho.

— Não me parece...

— Eu sei, eu sei. Eu tenho dificuldade com estranhos. Mas é verdade. Se tem uma coisa com a qual todos nós aqui concordamos é que ela merece dias felizes. E se essa coisa adolescente acontecendo aqui com vocês a fizer feliz, que seja.

— Mas?...

— Menino, você é burro ou só teimoso?

— Aí depende...

Paco bufou e cruzou os braços, como se estivesse com frio, por fim, levou o olhar para Anna-Sena, como se buscando se proteger da realidade da existência. Da dele, da sua amiga. Da crueldade que a vida muitas vezes representa, da injustiça.

— Ela está *morta*, Joshua. Morta. Essa aqui é uma história que não pode se *desenvolver*, você me entende? Você não pode sair daqui com o desejo de um futuro com ela, brotando dentro de você. A Anna pode ser uma boa lembrança, a sua *melhor lembrança*, até! Mas não mais que isso. Esse não é um caso de diferença cultural, racial, social ou econômica... Isso ainda é mais difícil de encarar. Você está vivo e ela está morta.

— Três dias, então. — E deu um passo.

— Eu espero, pelo seu bem, que sim, mas se essa sua cara de cachorro abandonado me mostrou uma coisa sobre você é que, querendo ou não, sua alma já depositou esperanças nela. Essa história não pode acontecer. E *não vai*.

— Uma vez por ano, pode. — Josh brincou.

— Certo, eu *admiro* a sua audácia, mas... — e a voz dele deixou o tom irritadiço para adotar um cansado e talvez até triste — nós estamos mortos e esses três dias mágicos, às vezes, nos fazem esquecer disso.

Joshua levantou os olhos, seguindo o olhar de Paco até Anna-Sena. Aquela que conversaria com ele sobre filmes antigos e os grandes sucessos da *Motown Records*.

Morta.

CAPÍTULO 10

O relógio do celular marcava quase três da tarde quando Josh saiu do trailer, os tênis afundando no tapete de folhas secas e terra endurecida. Manolo reuniria seus artistas sob a lona desbotada do circo, e o convidara a participar.

Ele estava alerta, descansara por meia hora, a conselho dos outros, mas a verdade é que não se sentia nem um pouco cansado. A adrenalina pulsava em seu corpo, lançando ondas de energia pela corrente sanguínea, e os acontecimentos do dia o mantinham em um estado elétrico, quase eufórico.

Pelo caminho, observava o fruto do seu trabalho junto à trupe do circo. O vento cortante da tarde chacoalhava de leve as barraquinhas de algodão-doce, pipoca e cachorro-quente que foram montadas com cuidado, tentando colorir a paisagem decadente de brinquedos enferrujados, ervas daninhas e lagos cobertos por uma camada espessa de algas, tão densas que lembravam cobras adormecidas.

Havia ajudado também a preparar os vagões onde os encontros entre vida e morte aconteceriam. O ritmo de seus passos diminuiu sem que ele desse um comando consciente, era a ideia do encontro. Eles estariam ali — esperançosos, nervosos. Alguns, sem dúvida, carregariam suas dúvidas, talvez sentindo-se imorais, blasfemos. Imaginou como se sentiria no lugar deles, como seria sentar para tomar um café com o avô, como disse Anna. Ali, físico, depois de tê-lo visto pálido e inerte, com as mãos cerradas sobre o torso, olhos fechados para nunca mais abrir.

Pensou, por um instante, se seu envolvimento com a cantora não era algo semelhante. Mas não — não era. Quando a conheceu no trailer de Manolo, com o jeans justo e a túnica acentuando curvas torneadas, ele vira uma mulher viva. E agora percebia que se agarrava àquela primeira impressão como um boiadeiro segura seu laço.

Os corvos e sua abrupta sinfonia os trouxeram de volta ao presente. E ele apertou o passo, levantando a gola da jaqueta.

Já próximo à casa de espelhos, agora iluminada e decorada para um propósito muito mais sombrio — preparada por Aletha e Prince para revelar mais do que apenas reflexos — ele parou. Não ouvira nada. Não exatamente. Mas um incômodo sem nome serpenteou por sua coluna, aquecendo as costas, como o hálito quente de um sussurro de aviso. Deixando-o cauteloso.

— Ei, Josh! — a voz de Hermann o arrancou dos pensamentos. O ex-piloto vinha ao seu encontro. — Corre! Manolo já vem. Vai começar.

Josh seguiu ao lado dele até a entrada do circo. Mas a sensação de estar sendo observado ainda lhe pesava sobre os ombros.

Dentro da tenda cheirando a plastico e ar parado, os bancos, luzes e os arcos e tecidos para as trapezistas já estavam montados. Os artistas se espalhavam pela lona azul, sentados no chão da arena. No centro, com os braços apoiados nos joelhos cruzados, estava Anna-Sena. Ao vê-lo entrar, quase todos acenaram para ele.

Josh reparou na moça asiática, e em uma mulher em seus sessenta e tantos anos, segurando um crânio. Ao lado dela, um homem de cabelos claros e médios encarava o nada, cabeça baixa. Mais afastado, o gigante que brigara com Anna-Sena mantinha distância demonstrativa dos outros.

Josh sentou-se na primeira fileira. Gabriel passou por ele, lhe dando um leve tapa amistoso no ombro.

— Tudo certo contigo? Encarando bem ainda? — perguntou, exibindo seu sorriso largo e simpático.

— Sem problemas.

Gabriel juntou-se aos colegas e Manolo logo apareceu, saído da parte de dentro do circo, onde ficavam os camarins, como um apresentador adentrando o picadeiro na noite de espetáculo. Arrastou seu corpo pesado e desproporcional até parar para encarar sua trupe. Acenou para Josh, que acenou de volta, pigarreou e iniciou seu discurso.

— Esse será um ano desafiador. Eu sei que alguns de vocês estão esperando familiares mais tarde. Gabriel vai receber alguém.

Assobios e aplausos cortaram a lona. Paco colocou as mãos nos ombros do rapaz e pulou duas vezes, gritando, em animação. Prince cantou com voz de veludo: "Love me tender, love me Sweet, never let me go".

Gabriel sorriu e abaixou a cabeça, o rosto vermelho, como o de um menino, mas parecia radiante.

— Qual o nome mesmo da sua adorável esposa, meu filho?

— Lisa, senhor.

O coro repetiu, em palmas ritmadas.

— Lisa! Lisa! Lisa! Lisa!

E Gabriel ruborizou, mais uma vez.

De onde Joshua estava, pensou acreditar ver lágrimas nos olhos do rapaz, mas poderia ter sido a forte luz dos holofotes. Contudo, ele acreditava que não. Se estivesse morto e tivesse a oportunidade de rever alguém que amava, choraria também.

Manolo fez um sinal com as patas para que eles silenciassem e, aos poucos, os ecos de alegria desmancharam-se, dando lugar ao silêncio de quem sabia o teor do assunto a seguir.

A iguana prosseguiu.

— Eu sei que muitos de vocês estão ansiosos porque este é mais um ano depois de quatro.

O silêncio ganhou peso. Até uma textura, Josh pensou, áspero e gélido, como a superfície de uma lixa.

— Mas eu não quero que vocês pensem nisso. Não o tempo todo. Estejam vigilantes, mantenham os membros do seu time sempre em vista. — Anna-Sena, Aletha e a moça chinesa, que Josh identificou como sendo Li-Mei, deram-se as mãos, os olhos delas grudados no diretor. — Cuidem dos nossos convidados, mas não se esqueçam do mais importante: esses são três dias de magia. Para muitos que nos visitam, esta festa é um milagre! E essa é a nossa missão. Nós trazemos para eles, todos eles, a certeza de que nem a vida e nem o amor acabam aqui. Nós reduzimos a dor do luto e da saudade, a dúvida. Nós trazemos desfecho, esperança e diversão! Nosso trabalho é fazer com que eles sejam felizes. E também um pouco assustados porque qual é o propósito de estar morto e vivo, se não se pode fazer uma graça. Afinal, é Halloween, não é mesmo?

O riso aliviado dos artistas ecoou pela tenda. Bateram palmas, outra vez, animados com a ideia de brincarem de assombração nos únicos dias onde eles não eram uma, fazendo Josh pensar na absurdidade da natureza humana. Inexplicável e incongruente até post mortem.

Manolo se deteve, levando o olhar por seu circo. Orgulhoso, sério. Cansado. E continuou, assim que seus pupilos silenciaram.

— Precisamos trabalhar juntos esse ano. Mais do que nunca! — seus olhos correram por Anna-Sena e o gigante. — Se quisermos mandar todo mundo para casa em segurança. E se quisermos manter esse circo que tanto amamos. Estamos entendidos? Anna? Scott?

— Sim, senhor. — murmuraram ambos, sem se encararem.

— Agora vamos iniciar essa festa como se deve. Cadê a tequila?

Aletha levantou e trouxe de volta uma bandeja com pequenos copos de cachaça e os serviu até o topo do líquido amarelado. Para cada recipiente havia a metade de um limão. Levou até os amigos e depois foi até Josh.

— Esse ano você é um de nós. — disse, com um sorriso cúmplice, e entregou a ele um copo.

— Vem, rapaz! — chamou Manolo. — Venha abrir a festa com a gente. De onde eu venho, é assim que os Mariachi se cumprimentam e é assim que eu inicio esse grande evento que significa tanto para todos nós.

Josh aceitou o convite, deixando a empolgação dos artistas envolvê-lo. Parou ao lado de Anna-Sena, após Paco fazer lugar para ele e piscar em sua direção, em um gesto de aprovação e cumplicidade inesperada.

Todas as mãos seguravam os copos de tequila no ar. Todos os olhos estavam grudados em Manolo.

— O que nós somos? — gritou o dono do circo.

— Rebeldes!

— O que fazemos?

— O impossível!

— Por que fazemos?

— Pela causa!

— Qual nossa casa?

— O Circo das Lembranças Esquecidas!

Em sincronia, eles sugaram o limão e ingeriram a bebida. Alguns abraçaram-se logo depois.

— Agora vão se preparar para as apresentações de vocês. Feliz Halloween!

Josh recolheu todos os copos e os pôs de volta na bandeja, entregando-a para Aletha, que sorriu agradecida e seguiu para os camarins. Retornou para sentar no banco, onde estivera no início.

Um por um, os artistas se dispersaram. A mulher mais velha encarou-o com certa desconfiança, mas deixou a tenda sem se dirigir a ele.

Ao fim, só restavam Manolo, Anna-Sena e Josh.

O dono do circo seguiu até o rapaz e sinalizou para a moça para que ela se aproximasse. Ela obedeceu.

— Leva o filhote radioativo para Anca examinar — disse, o olhar de predador fixo em Josh — e veja se há algo que possamos fazer.

CAPÍTULO 11

— *Filhote radioativo?* — Ao sair da tenda, a pergunta que não queria calar escorregou por conta própria e a voz de Josh saiu mais ofendida do que ele havia planejado.

Lá fora, o vento soprara as nuvens para outros cantos, e o céu exibia o intenso anil do fim de tarde, mergulhando em sombra as silhuetas de brinquedos abandonados. Anna-Sena riu.

— Você claramente esqueceu de me contar uma parte da história.

— Ele apressou o passo, surpreso com o fato da moça andar muito mais rápido, mesmo ele tendo pernas mais longas.

Conseguiu alcançá-la e ela parou.

— Manolo acha que você é um tipo bastante incomum de médium.

— E isso me classifica como radioativo?

Ela sorriu, mas agora evitava encará-lo, vagando os olhos pelo parque iluminado pelas luzes alaranjadas das barraquinhas, de lanternas ligadas a geradores e tochas, que a trupe espalhou pelo terreno.

Cruzou os braços e disse:

— Do tipo que nos ajuda a fazer esta festa possível.

Josh abriu um sorriso.

— E isso não é bom?

— Este ano não é.

Eles se olharam por um segundo, e ela voltou a andar.

— Espera. O que tem este ano? O que quer dizer um ano depois de quatro?

Ela suspirou.

— Quer dizer que... lembra quando eu disse que o além tem hierarquias e não é assim tão simples fazer o que fazemos?

— Sim. E?

— Bem, algum tipo de acordo a gente precisa ter com alguém. E esse alguém vem a cada cinco anos para cobrar.

Josh abriu a boca para perguntar, mas eles estavam agora de frente para uma caravana cigana verde e vermelha.

— Ela pode ajudar — Anna apontava para o veículo, a voz cansada. Subiu os degraus e bateu na porta, antes que ele pudesse contestar.

— Anca? — chamou já com a mão na maçaneta. — Sou eu, Anna.

Sem resposta, ela abriu a porta e fez sinal para que ele a acompanhasse. Relutante, mas curioso, subiu atrás dela e eles entraram.

O interior da caravana estava morno e esfumado. A fina camada do rastro do fogo de um incenso, ou vários, pairava no ar, movendo-se graciosa como uma marola à beira-mar. Como os cabelos de uma sereia n'água.

Abarrotado com móveis grosseiros de madeira escura, a caravana trazia a Josh uma sensação de claustrofobia, deixando-o desconfortável por estar no lugar, que cheirava a chá e poeira.

A uma das paredes, estava uma mesa redonda, coberta por uma toalha vermelha de cetim. Em cima dela, uma bola de cristal. Pouco atrás da mesa, uma cortina pesada, também vermelha, fechada. Dois abajures de luz fraca iluminavam a entrada. — Anca? — chamou Anna-Sena.

— *Ancaaaaaaa*! Anna-Sena tá aqui com um cara que eu nunca vi antes a tiracolo! — gritou uma voz fina, vinda da prateleira, ao lado da mesa.

Só então, Josh percebeu a presença do homem que havia visto ao lado da mulher mais velha, que ele agora sabia ser Anca, no circo. Sentado no chão, encostado na parede, e ocultado pela baixa luminosidade, usava calça jeans e um suéter branco encardido. Os cabelos louro-escuros e ondulados lhe caíam sobre o rosto, cobrindo-o. A cabeça inclinada para o chão, como se envergonhado.

Josh encarou-o por um segundo, interrogativo. Ele tinha certeza de que aquela havia sido a pessoa a anunciá-los, mas ele não parecia falar.

— Ah, Anna-Sena! — chamou a voz do outro lado da cortina, como se estivesse retornando de um transe ou acabado de retirar fones do ouvido. — Sente-se, minha flor do pântano. Eu já venho.

Josh levantou o olhar para a moça, que tentava chamar sua atenção sem produzir som; ela seguiu com ele até uma prateleira, ele arregalou os olhos, deixando o maxilar abrir solto, sem perceber.

— Josh, esse é...

— Skullie! — cortou o crânio, encarando-o da prateleira como se pudesse vê-lo. Apresentando-se. — Eu sou um Labrador! — disse a criatura e o orgulho em sua voz era contagiante.

Com os olhos, Anna indicou que Josh olhasse para o homem sentado imóvel, do outro lado. Ela apontou para ele. As sobrancelhas de Josh arquearam em entendimento.

— Skullie pensa que é um cachorro — explicou ela, de braços cruzados, ainda olhando na direção do homem no chão.

Josh perguntou o que estava acontecendo, tentando não falar alto, para ele, sem um motivo específico. Ou ele estava somente copiando o comportamento de Anna-Sena ou lhe faltava a voz diante de tamanha curiosidade.

— Eu *sou* um cachorro! — respondeu o crânio atrás dele, e Josh pôde ver os dedos do homem movendo-se à frente de seu corpo, as mãos repousadas sobre o tapete, como uma marionete jogada no chão.

Josh franziu a testa, uma pergunta não verbalizada. Anna acenou que sim, e formou as palavras: "*Ele anima o crânio.*" Sem soltar som. Ele leu os lábios dela e os olhos quase saltaram do rosto de admiração e entusiasmo.

"*Ele é ventríloquo?*"

"*Em teoria, sim.*" Ela gesticulou para que ele prestasse atenção na conversa que ela estava prestes a iniciar.

— Você não é um cachorro, você é um homem animando o crânio. Um crânio de um *ser humano*.

— E como você sabe disso, espertinha? Ela riu para Josh. A língua entre os dentes. Travessa.

— Cães não falam, Skullie — insistiu.

— Eu falo. E você fala. Isso já faz dois cães que falam.

— Eu *não sou* um cachorro, Skullie.

— Prove!

— Anna-Sena, pare de implicar com o pobre. — Anca entrava com uma bandeja com chá e biscoitos, que para Josh pareciam ser Anna-Sena e Skullie e eram, logo, ou representações açucaradas de crânio humano, ou cães.

— Ele não pode ficar acreditando que é uma coisa que não é.

— Pode sim. Tem gente feia que acha que é bonita. Por que ele não pode ser um Labrador, se ele quiser? Agora deixe de provocações, menina abusada. — A voz saiu carregada de ternura, como uma ama punindo entre aspas sua protegida favorita. Ela seguiu para sua mesa e chamou os dois para que a acompanhassem.

— Não é saudável, Anca. — Anna insistiu, sentando-se na cadeira à mesinha.

— E ele precisa de saúde pra quê? Ele tá morto. E você, rapaz, é quem? — Ela virou a cabeça enfeitada com um lenço, argolas, cordões pesados, chacoalhando a cada um de seus movimentos. — Vivo e bem vivo, pelo que vejo.

— Manolo quer que você dê uma olhada nele...

— É, eu sei. — A confissão saiu cheia de ar, como quem lamenta.

Anca encostou na cadeira, cruzou as mãos sobre as saias e encarou Josh.

— Qual o seu nome, de novo, rapaz? Manolo me disse, mas eu não sou boa com nomes.

— Joshua Morris.

— Da Inglaterra.

— Sim, senhora.

— Não foi uma pergunta, tá escrito na sua testa.

Sem saber interpretar o comentário, ele manteve-se calado.

— Foi um elogio. — Ela acrescentou: — Nesse caso.

— Anca, o Manolo...

— *Shi*... Me deixa ver o que eu enxergo aqui, Anna. Eu sei que você quer ajudar o rapaz, você gostou dele. — comentou a vidente, sem desviar os olhos de Josh, que também a encarava.

— Não é a sua primeira vez em meio a gente como nós, não é, rapaz?

— Não, senhora.

Skullie latiu.

Duas vezes.

Cinco vezes. Dez vezes. Vinte vezes.

E soou *exatamente* como qualquer outro latido feito por um humano.

Anca olhou para o crânio, as bijuterias chacoalhavam com seus gestos enérgicos.

— *Pare de latir*, Skullie!

— Mas alguém passou na port...

— Eu disse: pare de latir! Que coisa mais chata!

— Mas...

— Se você não parar com isso, vai dormir lá fora!

Skullie choramingou e calou-se. Anca voltou a atenção para Josh.

— Há algo que emana de você que eu não consigo definir... — Ela ponderou, colocando agora chá para os três, em taças de cobre, olhando para a moça à sua frente, e de volta para ele, por trás do vapor da bebida. — Você visitou outros mundos nos últimos tempos?

Josh pensou, por um instante, aceitando a xícara de chá entregue a ele pela mulher.

— Não da maneira como acontecia quando eu era menino — respondeu, olhando para Anna-Sena.

— Mas de alguma outra maneira?

No Berghain..., Mas ele não quis falar sobre aquela noite, e usou outro cenário:

— Em sonhos, talvez.

Anca exalou.

— Há algo no seu futuro, rapaz... A sombra de um desastre.

Joshua tentou esconder que estava mais excitado do que preocupado e se concentrou em colocar leite no chá.

— E eu não posso saber o que é? Ou é destino? — Ele levou o chá à boca e encarou a vidente com sorriso desafiador no olhar, de quem pretende flagrar alguém mentindo, fingindo.

— O destino só existe pra quem acredita nele — ela respondeu e deu de ombros. — O futuro, meu filho, é *moldável*. É criado a partir de *decisões*. Já o que você chama de *destino* "existe", e videntes continuam fazendo tanto dinheiro, porque as pessoas raramente se deslocam pra fazer algo acontecer. E pra quem tem a habilidade de ver o que pode vir a ser, é muito fácil definir uma probabilidade de acontecimentos, a partir de um determinado padrão de ações. E também é muito fácil acertar porque ninguém está disposto a mudar.

Josh bufou; a resposta furou-o.

— Eu não estava preparado para uma aula de Filosofia — ele disse, e sacudiu a cabeça.

Anca riu alto.

— Eu vejo por quê a Anna gostou de você. — A mulher observou com certo prazer os olhares satisfeitos trocados pelos jovens. Suspirou, então. — Mas agora eu sei por quê o Manolo te mandou aqui. Rapaz... logo esse ano. — Ela levou a mão à testa, movendo os acessórios em seu corpo, que ecoaram pelo cômodo, agora imerso no silêncio apreensivo dos outros dois. — Anna, minha flor, leva esse moço até Li-Mei, imediatamente. Eu não posso fazer mais nada por ele a essa altura, mas vou pensar em alguma coisa antes de alarmar vocês mais do que já estão alarmados. Meu Deus, que ano... — Ela levantou-se da mesa, foi até a prateleira e anotou algo em um pedaço de papel, dobrou o bilhete e deu-o à cantora. — Entregue isso a ela, logo que a vir. Eu vou pensar melhor aqui. Mas, Anna, diga ao Manolo que eu não acho que vai ajudar muito. Agora vão. Vão, vão. Sem perder tempo.

Anna-Sena e Josh levantaram das cadeiras, confusos e agitados, sendo escoltados às pressas para fora da caravana pela vidente.

Assim que a porta fechou, o crânio Skullie rosnou.

CAPÍTULO 12

Ela pôs a cabeça para fora d'água. O lago cheirava a lodo e a podre, era esverdeado e gosmento. Assim como seus cabelos. As longas e finas unhas esbranquiçadas estavam sujas nas bordas. Seus olhos castanhos eram grandes e sem vida. Ela não fez qualquer barulho ao puxar o corpo para fora do lago artificial, de frente para a grande roda com assentos que balançavam ao vento e rangiam. A água não se moveu, não fez ondas. Era como se ela nunca tivesse mergulhado. De sua pele cinza, o líquido escorria, driblando as algas coladas em sua camisola branca e surrada de um outro tempo. Na altura da orelha direita, ela ajeitou uma flor laranja de pétalas pontiagudas, como asas, lembrando um bicho que voa livre. Diferente dela.

Suas pegadas encharcadas desapareciam no exato momento em que ela dava o próximo passo.

Estava fortalecida e procurava por ele. Sentia o gosto de sua aura na língua, era amargo e azedo, e familiar. Ela não sabia seu nome, nem de onde ele vinha, mas sabia que tinha de obedecê-lo, assim eram as regras, a cada cinco anos.

E este era mais um ano depois de quatro.

— Li-Mei é a moça chinesa? — ele mesmo recuou do quão óbvia e estúpida a pergunta soou, mas era tarde demais. Saiu.

— O que ela tem a ver com isso? E o que a vidente escreveu no papel?

Josh precisou correr para alcançar Anna-Sena.

— Como você consegue andar tão rápido?

Ela fez pouco caso, e seguiu apressada pelas barraquinhas acesas, olhando para a tenda do circo iluminada, brilhando contra o firmamento, que se. tingia de breu.

— Está escurecendo e logo os primeiros convidados chegam. Quando a gente chegar na tenda da Li-Mei, ela te explica — disse em outro tom, um mais brando, que ela guardava para momentos mais vulneráveis, e que nem sempre percebia ao usar. Ela emendou: — Eu sinto muito que isso esteja acontecendo, sinceramente. Você está no lugar errado, na hora errada. Não é culpa sua.

— Pelo contrário, essa é a coisa mais excitante que já aconteceu comigo em anos!

Ela riu.

— Eu tinha esquecido quantos ingleses são mórbidos.

— Ainda assim, me parece que estou mais envolvido nesse mundo de vocês do que seria saudável. Estou errado?

— Não — ela respondeu, cautelosa.

— Então, eu tenho o direito de saber mais sobre o porquê eu tenho que visitar essa tal moça e sobre o que eu sou, que deixou o diretor do circo tão assustado. A jovem cantora exalou, rendendo-se.

— Tem razão. Não é justo. Manolo só tende a ser bastante protetor de nós. O circo é tudo o que temos. Nós somos tudo o que o outro tem. Somos nós contra os mundos.

— Você só está me deixando ainda mais animado.

Anna-Sena não conteve o riso. Ele sabia que provocava a reação, fazê-la rir estava se tornando um esporte. E ele queria a medalha de ouro.

— Quando vimos o seu *trailer*, já sabíamos que havia algo errado com você.

— É pra ser um elogio? Não colou.

Ela sorriu, mas sua expressão permaneceu obscura. Como se uma sombra pairasse bem à sua frente, encobrindo a luz de seu carisma, tornando linhas de preocupação o que eram linhas de alegria.

— Você *sabe* que você é um médium, Josh?

— De certo modo, sim.

— E nunca se preparou? Cuidou desse, digamos, sexto sentido?

O rapaz só negou com a cabeça.

— Esse é o problema. Você transita pelos mundos.

— Sim... e?

— E os influencia. Sem saber como se proteger ou proteger aqueles que entram em contato com a sua energia. Ou proteger a sua energia de quem não deveria entrar em contato com ela. Eu sei, é complexo. — ela olhou para a tenda à sua direita. — Cá estamos nós.

A tenda de Li-Mei, erguida entre a roda gigante e a casa de espelhos, vermelha e iluminada por velas, parecia deslocada do mundo. Como sendo ela o tal portão do Halloween, expelindo criaturas que não pertenciam nessa esfera.

Anna-Sena e Josh entraram, e foram recebidos pelo aroma de incenso de jasmim, perfurante. Colados nas diversas prateleiras espalhadas pelo lugar, estavam desenhos a carvão emoldurados. Rostos, símbolos, flores, letras, frases. Em um canto estava uma mesa preta e cadeira de couro, ambas pretas, ao lado de uma mesa portátil carregada de agulhas e potinhos coloridos.

— Você gosta do meu rosto? — a cantora perguntou, enquanto Josh examinava os objetos em cima da mesa, com o olhar.

Ele virou para ela, contemplando os detalhes da beleza que, na sua opinião, era única. Quis dizer que sim, e não por causa da pintura feita nele. Mas não disse nada, apenas acenou que sim com a cabeça.

— Ela que fez. — O seu rosto é *tatuado*? — o choque o despertou do leve transe causado pela atmosfera mística do lugar e dos encantos de Anna.

— Eu não te contei?

— Eu me lembraria.

Li-Mei entrou na tenda, chamando a atenção de ambos para si, balançando os longos cabelos negros, usando um vestido rubro que a tornava parte do cenário. Camaleônica. Ela estendeu a mão para o recém-chegado.

— Li-Mei.

— Josh.

— Bem-vindo. — ela encarou-o, por um momento. — Mesmo que não tenha sido sua intenção nos visitar esse ano, você me parece tão tranquilo. — disse ela, com sua voz melodiosa e baixa.

— Bem, hoje eu já ouvi dizer que os ingleses são mórbidos. — ele sorriu para Anna-Sena.

— Fatos e fatos. — brincou a moça chinesa, também sorrindo.

Anna-Sena entregou a ela o bilhete de Anca.

A tatuadora pegou o papel, olhou de Josh para a amiga e, outra vez, para ele. Abriu o bilhete e correu os olhos pelas letras. Ao final da leitura, exalou e guardou o pedaço de papel dentro do vestido.

— Há salvação? — Josh perguntou, brincalhão, porém, seu sorriso era nervoso, algo nos olhos da moça comunicava perigo.

— Anca acredita que você foi enviado até aqui.

Josh e Anna-Sena trocaram olhares surpresos, e Li-Mei espremeu-se entre os dois para procurar por algo nas gavetas de sua mesa.

— Como assim, *enviado*? — ele a seguiu com a outra moça acompanhando seus passos. — Eu não conheço ninguém que tenha ligação com vocês. Se soubesse, já teria vindo participar anos antes. — completou, espontâneo e sincero.

— Isso é tudo o que ela sabe. E Manolo acha o mesmo, ela escreveu. — disse Li-Mei, em tom explicativo.

— Enviado por quem? — Anna-Sena cruzou os braços, como se quisesse se proteger da resposta.

Li-Mei encarou-a, séria.

— Não — a cantora murmurou, olhou para Josh, mas a pergunta foi direcionada à amiga: — Isso é possível?

— O quê? Vocês estão falando de mim, como se eu não estivesse aqui.

— Verdade — Li-Mei sorriu para ele. — Sente, por favor, Josh. Anca acredita que de alguma forma você foi guiado até aqui pelas entidades com as quais o circo tem um trato.

— As que vêm a cada cinco anos? — Josh sentou-se na cadeira preta.

— Exatamente. — ela gesticulava para ele tirar a jaqueta e levantar a manga esquerda do suéter, na altura do antebraço.

— Como?

— Ela não sabe. E também não sabe se há algum tipo de perigo maior do que de costume.

Li-Mei levantou os olhos para a amiga, com uma expressão no rosto que Josh não soube interpretar, só não era boa.

— Eu vou fingir que não vi essa troca de olhares e não vou entrar em pânico.

As moças riram, mas trocaram mais um olhar.

— Bem, Josh, eu estou encarregada de fazer uma tatuagem do nosso mundo em você.

— Soa incrível. Eu topo. — ele moveu os dedos na falta do que fazer, apertou a jaqueta agora em seu colo. — Mas o que acontece quando eles vêm? Isso me interessa mais, no momento. Se é que me é permitido estar um pouco alarmado com essa revelação.

Anna-Sena riu e apertou o braço dele, tocando-o pela primeira vez após o aperto de mão de sua apresentação. Eles se olharam, por um segundo; ele abaixou os olhos primeiro. Inseguro. Temendo ver mais intenção naquele gesto que simples compaixão. Mas talvez...

— Estica o braço, por favor? — a voz de Li-Mei o salvou dos planos de casamento crescendo em sua mente, como um pesadelo: com a noiva que ele jamais poderia ter.

Josh obedeceu. Como se lendo a apreensão e frustração de seus olhos, Anna prosseguiu:

— Eles levam energia dos vivos. Alguns dos convidados saem bastante exaustos, outros perdem a memória por alguns dias. Anca e Manolo acreditam que você foi trazido aqui por algum motivo.

— Certo… eu vou fingir que isso faz sentido pra mim. E essa tatuagem é o quê?

Li-Mei, juntando seu material na mesa ao lado dele, disse:

— Tem mais a ver com o que ela *faz.*

— E o que ela faz?

— As pessoas buscam o nosso circo na esperança de reencontrar entes queridos que já se foram. — respondeu a tatuadora, com as sobrancelhas arqueadas, uma interrogação.

— Sim, Anna-Sena me disse.

— É necessário um treinamento para participar da festividade. Ele é cansativo e exigente. As pessoas vêm para cá com muitas esperanças e medos e quando eles, finalmente, conseguem o que vieram buscar... bem, a maioria das pessoas opta por não se lembrar e passa por um ritual com Aletha e Prince. Elas têm medo de falar demais e colocar seus entes queridos em risco ou até a si mesmos. Isso vem ocorrendo há tanto tempo que os novos acreditam que é assim que se faz, que é uma regra nossa. Então, todos eles me procuram antes que o feitiço do Halloween acabe e o feitiço de Aletha entre em vigor, por assim dizer, e fazem uma tatuagem da *lembrança esquecida.*

— Ah... é por isso que o circo tem esse nome?

— Na mosca, Sherlock. — Anna-Sena piscou para ele, e todos os ossos de seu corpo desmancharam em mel e brasa.

Li-Mei prosseguiu, preparando o antebraço dele:

— As memórias esquecidas são invisíveis aos olhos. Mas toda vez que as pessoas têm a sensação de tentar se lembrar de algo, quando a dor é muito forte e elas sentem que não aguentam mais, a tatuagem fica visível e elas se lembram. Quando ela desaparece, a lembrança vai com ela, mas a sensação de conforto permanece. No seu caso, ela servirá de alerta. E toda vez que a sua tatuagem aparecer, concentre-se para se movimentar para longe do portal. — Li-Mei olhou para Anna-Sena mais uma vez, sussurrando algo em pensamento que estava longe do alcance de Josh, que de algum modo, o deixara apreensivo.

— E como ela vai ajudar nessa situação hipotética em que fui enviado aqui por sabe-se lá que motivo? — Bem — continuou Li-

-Mei, agora fazendo o desenho à caneta, o gelo do metal contra a pele era um pedaço de realidade bem-vindo a ele — o material é nosso, é a nossa energia injetada em você. Isso pode atrapalhar seja lá o que eles pretendiam com a sua energia. Porque esse é o motivo pelo qual eles te trouxeram aqui, se esse de fato foi o caso.

Li-Mei e Anna-Sena trocaram mais olhares.

— Não se preocupe, Josh. — continuou Li-Mei, após terminar de desenhar uma mandala repleta de símbolos em suas pétalas, e iniciar o processo de tatuagem. — Nós fazemos essa festa há muitos e muitos anos. Vai ficar tudo bem.

— E mesmo que não fique, eu nem tenho como sair daqui.

Os três riram da situação absurda, compartilhando um momento de empatia e conexão que o envolveu como água morna em dia de inverno. Paco apareceu na entrada da tenda, assustando-os.

— Ensaio geral, rainha dos mortos. — disse para Anna-Sena. — Os outros já estão te esperando. E você, Joshua Morris, não tenha pressa; vá descansar mais um pouco. O dia foi cheio pra sua cabeça em processo de envelhecimento e a noite será longa. Se você pretende ainda estar entre os vivos enquanto passeia pelos mortos, eu sugiro que vá para o seu *trailer* e durma umas horinhas, sim?

— Sim, senhor! — Josh virou para Anna-Sena. — Ele é sempre assim ou é meu dia de sorte?

— Eu sou sempre assim — respondeu Paco. — E o prazer é todo seu.

— Eu preciso ir — disse ela para Li-Mei.

— Pode ir se preparar, eu acompanho Josh até o *trailer* dele e depois vou te procurar — respondeu, sem tirar o olho de seu trabalho, mas escorregou com a agulha quando Josh, de repente, puxou o braço.

— Desculpa — ele disse.

— Te machuquei? — os olhos escuros dela brilharam em preocupação e culpa.

— Não, foi só uma fisgada. Mais um susto que dor. Tá tudo bem. Pode continuar.

A cantora se despediu de Josh, garantindo que o veria após a apresentação e saiu às pressas, acompanhada por Paco.

E Li-Mei continuou sua tatuagem com um cuidado excessivo e pareceu muito nervosa ao tentar desfazer o borrão em um dos símbolos da mandala.

O circo estava montado, as barraquinhas cheiravam a doce, os mortos estavam à espera, os vivos começavam a chegar. A cantora e o macaco corriam para a tenda, rindo e brincando. E os demais artistas preparam-se para o *show* de abertura.

Ele também.

Ele era muito magro, mas não muito alto. Tinha a pele gelada e acinzentada, e enrugada de água. Mas suas roupas estavam secas. Sempre secas. Usava um terno preto, sapatos pretos, camisa branca e gravata preta. Os olhos eram pequenos e sem vida. Amarronzados. Cor de terra seca. Ele usava um chapéu panamá. Os pés não deixavam pegadas. Seu corpo não tinha cheiro. Não suava. Não sentia frio. Não sentia nada.

Do bolso direito de sua calça engomada, tirou seu charuto e sua caixa de fósforos. Sempre fósforos, nunca isqueiros. Acendeu o fumo, lentamente, como tudo o que fazia. Ele observou o fogo de seu fósforo queimar. A chama apagou-se antes de entrar em contato com seus dedos dentro das luvas de couro pretas. Não estava só, trouxera os *seus* para ter com *eles*. Eles não gostavam dos seus, ele sabia, mas eles não tinham escolha.

O além tem suas regras. Regras precisam ser respeitadas, eles sabiam.

A cada cinco anos, ele vinha com os seus para fazer valer o combinado. Este era mais um ano depois de quatro.

Seguiu, despercebido, pelos visitantes. As pessoas não o viam, ele era bom em se fazer invisível.

CAPÍTULO 13

Ao contrário do esperado, Josh pegou no sono; por breves quarenta minutos, mas profundo o suficiente para perder a orientação por alguns momentos.

Ao longe, carregado até seus ouvidos pelo vento, o som animado e sonhador de um acordeom o trouxe de volta à realidade absurda e fantástica na qual se encontrava. Afastou o edredom, receoso de ter perdido o horário da apresentação de seus novos amigos. Desperto, como se sob o efeito de um balde de água fria, levantou para conferir a hora e viu, exalando em alívio, que ainda tinha tempo de trocar de roupas, tomar um chá e acordar de fato.

Em sua mente, memórias das conversas com os membros do circo giravam como um rodamoinho. Uma parte de si, a criativa, a que queria ganhar a vida contando histórias, deliciava-se com o acervo de personagens e tramas conquistado; a outra, porém, humana e empática, a do rapaz que já duvidava da importância de sua existência, estava entristecida. As histórias dos membros da trupe o atingiram como um choque de realidade. Eles não haviam entrado em muitos detalhes, mas o que disseram grudou em sua alma.

— Cara, era sobre dignidade. — Prince disse, enquanto Joshua o ajudava com os geradores. — Se eu me movi e fui pras ruas, se eu apanhei da polícia ou se eu bati, era com o pensamento na injustiça de um mundo que não é feito para você. Eu tentei usar minha voz na minha comunidade, falar de movimentos pacíficos e da luta pelos nossos direitos, mas quem tem fome tem pressa. E quem não tem muito a perder, vai fazer o que acha que é preciso. Eu tentei impedir o aprisionamento de uma confrade. Ela não tinha feito nada, o policial achou que ela tinha cuspido nele e decidiu prendê-la. — Ele riu. — Imagine a reação dela. Mulher negra, destemida e com razão. — Ele balançou a cabeça e assobiou. Josh riu, bebendo as palavras do outro, como quem passara dias no deserto. — Bem, eu fui defendê-la, houve pancadaria. E houve tiros. E cá estou eu. Mas se você me perguntar, se eu teria feito tudo de novo, eu te digo que teria. Agora faz um favor pra mim, e pega aquela caixa de ferramentas ali.

Josh obedeceu e ao retornar, o assunto tomara outros rumos.

Com Aletha, ele sentou para desempacotar copos descartáveis, e ela nem esperou que ele perguntasse para começar sua narrativa.

— Eu era boa na Salsa. — Ela disse, com um largo sorriso, mexendo os copos. — Boa não, excelente!

Joshua sorriu, podia muito bem imaginar a bela Aletha em um vestido de dança, empolgando multidões.

— Meu marido era meu parceiro de dança. — Ela disse, elevando os olhos para ele.

— Eu não me importo se você matou seu marido.

Aletha riu alto.

— Hermann gosta de colocar coisas na cabeça das pessoas. Para ser justa, eu não lembro, mas há indicativos. — Ela riu. — Eu morri jovem, como se vê. Jovem e boba, na época. Acreditava em tudo o que ele dizia, me afastei da minha família e acabei grávida e sozinha, com um homem que só queria saber de farra. O bebê não nasceu com vida e eu... meu sangue me matou no parto, mas ele já tinha partido antes de mim. Acordou com a boca cheia de formiga, arrastado pelo mar, com um buraco de tiro no meio da testa. — contou, os olhos presos no passado.

Josh não respondeu por falta do que dizer.

— Não fica assim, Josh. É um passado tão distante pra todos nós. Mas eu gosto de ver o quanto as nossas histórias mexem com você. — Ela o encarou, com uma pilha de copos na mão. — Você tem um coração que se importa, isso é bom. Agora vai, me conta um pouco de você.

Joshua sacudiu a cabeça.

— Não tem nada de muito interessante sobre mim.

— O Gabriel me disse que você é diretor de cinema. Como isso não é interessante?

Ele suspirou, o pensamento voltando, relutante, para o motivo pelo qual realmente estava ali: se preparar para iniciar suas gravações. E se surpreendeu com o quão pouco se importava com o filme naquele momento. Nem mesmo suas inseguranças pareciam mais ter peso.

A conversa com Aletha fora animada e ele aprendeu muito sobre a Cuba dos anos 70. Das gêmeas não descobriu muita coisa, a não ser que elas achavam ter morrido de tuberculose em algum internato longe de seus pais. Confirmando para ele a suspeita que todos tinham a respeito do tempo no qual elas existiram em vida.

Paco não contou muita coisa, aliás, não contou nada, mas Gabriel, que havia sido bombeiro e morrera em ação, em Berlim, disse que o trauma do homem-macaco estava ligado à maneira como morreu, assim como com Manolo.

— Eu não acho que ele gostaria que eu te contasse essa história. — Comentou Gabriel, enquanto os dois sinalizavam o estacionamento. — Mas eu posso dizer que foi barra. Paco vem de uma família rica e muito conservadora... com um pai pra quem mais vale um filho morto que um filho gay.

— Mesmo?

Gabriel só acenou que sim.

— Paco tinha um macaco-prego de estimação que ele amava muito. O macaco ficou do lado dele até o último suspiro. Era a única boa lembrança que ele tinha de casa.

Josh bufou, sem ter mais o que dizer.

— Que barra.

— Põe barra nisso. E Manolo... — Disse Gabriel indo buscar cone de trânsito e retornando — Esse cara rabugento que você vê — Comentou

Gabriel e Josh riu — foi um padre que tentou de tudo para denunciar padres que abusavam de crianças.

— Como é?

— É! Um verdadeiro herói o cara. Mas qual herói de vida real vive pra contar a história, não é não?

— A Igreja matou ele? — Josh foi mais especulativo do que havia planejado.

Carregando mais um cone, Gabriel sinalizou não saber.

— Indiretamente, sim. Ele com certeza acredita que sim. Só sei que ele foi preso e fugiu. E bem, a última coisa que ele viu antes de morrer foi...

— Uma iguana. — Josh completou, com a mão nos quadris, observando o trabalho feito.

— Isso aí. — Gabriel bateu no ombro dele. — Mas agora eu acho melhor a gente ir descansar um pouco antes de Manolo dar seu famoso discurso de inauguração.

Arrumado e com as vozes da trupe ainda ecoando suas histórias dentro dele, Josh apressou-se para sair e pegar o início da festividade.

Sorriu ao pisar para fora do *trailer*. O parque, iluminado pelas tochas e barraquinhas, recebia os primeiros convidados vindo de todos os lados da floresta.

Um casal em especial lhe chamou atenção. Ambos beirando os sessenta anos. A mulher de cabelos médios e loiro-acinzentados, agarrada ao braço do marido, apreensiva. Ele falava com ela, procurava acalmá-la. Ela parecia querer ir embora.

— A filha sofreu um acidente de carro, três anos atrás. — A voz de Gabriel a seu lado fez Josh sobressaltar. — Desculpa, eu não percebi que não tinha me visto.

— Tudo bem. O cenário é bastante diferente à noite...

— Sem dúvidas. — Gabriel riu, o nervosismo perceptível, escorregando pela voz.

Josh quis perguntar se a esposa do outro já havia chegado, no entanto, preferiu não tocar no assunto.

— Sr. e Sra. Humphrey. — Continuou Gabriel a narrativa sobre o casal à frente, afastando o assunto de sua própria. — A menina se chama Jane. Dezenove anos. Filha única. Morreu numa colisão com um caminhão, quando estava a caminho de Londres com o namorado. Os pais estão, desde então, fazendo o treinamento pra participar da festa do Circo das Lembranças Esquecidas e rever a filha morta. Essa, meu amigo, é a realidade na qual você caiu.

Joshua riu, observando o comportamento daqueles sendo guiados pelas pessoas — que julgou serem os médiuns ajudantes — para as caravanas onde o grande encontro aconteceria. E ali, inalando o movimento da festa sob luzes cor de âmbar e vento forte, regada a risos e dança, enfeitada com barracas de pipoca e algodão doce, perfumando o ar com o gosto da infância, percebeu que não era assim tão fácil distinguir os mortos dos vivos.

A magia do Halloween deixava os fantasmas com aparência saudável, real. Mas não era só isso. Eram os olhos. Havia mortos com brilho no olhar, e vivos mortos por dentro. E analisando a cena, se perguntou: se a existência humana é medida na qualidade de vida de seu espírito, quais dos presentes, então, viviam uma vida *de verdade*?

Antes de poder entregar-se às suas conspirações, Paco veio correndo na direção de Gabriel e sussurrou algo em seu ouvido.

— Tem *certeza*? — Gabriel soou confuso e surpreso. — Mas...

— A Sarah é a única que não chegou ainda. — Respondeu o outro, apressado. — Anca e Manolo insistiram.

Gabriel se desculpou com Josh e correu para resolver o que parecia ser um grande problema.

— O que aconteceu? — Juntou-se a Paco, que ajeitava seu elegante colete de mestre de cerimônias.

— Últimos cuidados, só isso. — Ele tentou ser firme, mas Josh ouviu em seu tom, que desconversava. — Agora vem. Você não passou por isso tudo pra não assistir ao *show*, não é mesmo?

Josh concordou, mas seu olhar vagou, buscando por Gabriel, e o que precisava fazer com tanta urgência.

Dentro da tenda iluminada, o jovem vivo admirou-se da quantidade de pessoas presentes, e guiado por Paco, seguiu para o lugar de honra, reservado para ele.

Sentou, enxergando Manolo no meio da arena. Uma sombra pontuda, como a silhueta dos cadáveres de dinossauros de cera espalhados lá fora.

A luz avermelhada de um holofote iluminou a iguana. Levou seu microfone com a mão escamosa à boca. A névoa artificial, azulada, envolvia-o como um manto de teias.

Silêncio.

Josh ouvia a respiração de uma mulher atrás dele. Ela tremia, isso pôde distinguir na maneira picotada como o ar deixava seus lábios semi-abertos.

— Senhoras e senhores. Caro público! — O som metálico da voz de Manolo soou por toda a lona. Silêncio. — Aos novos, eu dou as boas-vindas e aos nossos fiéis visitantes anuais, digo que é bom vê-los novamente.

Josh ainda ouvia a respiração insegura atrás de si e arriscou um olhar. Não era uma morta. Os olhos castanhos da mulher estavam vermelhos e inchados do pranto. Do medo.

Ao lado dela, um homem. Pálido, frio. Morto. Sorriu para ela. Uma garotinha de olhos brilhantes e pele cor de leite, abriu um pacote de goma, do outro lado dela. O chiado do plástico fez com que a moça assustada soltasse lágrimas lentas e silenciosas. Ela puxou o ar úmido, pelo nariz.

Josh viu que ela segurava seu cachecol entrelaçado nas mãos pálidas, como sem sangue. Seus olhares encontraram-se, em uma troca rápida. Ela parecia encabulada e apavorada, tudo ao mesmo tempo.

Virou de volta para encarar o centro da arena. Manolo ainda falava.

— ... No entanto, é importante que, antes da abertura oficial das nossas festividades, eu os informe, mais uma vez, que não é livre de perigos juntar os vivos e os mortos. De onde eu venho, tal tradição é conhecida como *Día de Muertos*. Momento dedicado a celebrar a presença daqueles que já se foram. Aqueles que amamos.

Atrás de Josh, a mulher soltou um soluço fino e tampou a boca com uma mão.

— Nós dançamos e cantamos com os mortos. Nos fantasiamos.

Nós fazemos bolos e doces com o formato do rosto de Anna-Sena!

Risos, palmas e assobios, vindos do público, ecoaram pela tenda.

— Eu quero é a Anna-Sena *inteira saindo* de dentro do bolo! — Alguém gritou, do público.

Causando mais risos e assobios. Alguns batiam com os pés no chão.

Manolo fez um gesto com a mão para que se silenciassem.

— Mas não pensem que é fácil chegar em Anna-Sena… Ela morde — Disse, tentando acalmar o público em animação demasiada, para continuar sua apresentação.

— Eita! Fala pra ela, que eu tomei sangue de vivo. Estou quente hoje! — Disse uma outra voz masculina no público.

Ainda mais risos. Outros homens gritaram "*eu também*" e riam.

Riam, batiam palmas e gritavam por Anna-Sena, em coro.

Manolo recebeu o olhar fulminante de sua cantora, esperando na escuridão da coxia atrás dele. Ela tinha os braços cruzados e batia com o pé direito. Seus olhos ameaçavam não cantar se eles não parassem.

Ele suspirou.

— Acho que este ano, ela está acompanhada. Se me...

— Ah, que isso, *Manolão*?! Vivo ou morto? Quem é o fura-fila?

— Deixa o cara terminar de falar, seu sem-noção! — Respondeu outra voz masculina atrás de Josh, que esperava não ser denunciado como "o fura-fila" pelo calor subindo em seu rosto, o transformando em uma sopa de tomate.

— Isso aí! — Chamou uma terceira voz. — Depois os vivos vão sair dizendo que, além de assombração, nós ainda somos mal-educados.

Gargalhadas descontroladas encheram a lona aquecida.

Os vivos riam entre os dentes, encolhidos em suas cadeiras. Fazendo esforço para parecerem relaxados.

A risada rouca de *Señor* Manolo foi ouvida.

Os risos declinaram, aos poucos, até serem engolidos pelo silêncio.

— Eu fico sempre muito feliz em sentir esse bom humor de vocês. Sempre me dá a sensação de ter feito, sim, a escolha certa. Mas... — A voz do diretor ganhou gravidade. — O que fazemos aqui vai contra muitas leis. Humanas, do mundo espiritual e da natureza. Nós criamos dias fantásticos, onde vida e morte se unem, não só emocionalmente, como também *em carne*. Três dias onde tudo é possível. Nós do Circo das Lembranças Esquecidas preparamos o ano inteiro uma maneira nova de garantir a sua segurança. Mas não está em nosso poder livrá-los de tudo o que pode vir a acontecer. Todos os vivos aqui presentes *sabem* o risco que correm por estar aqui. — Mudez geral. Só a voz metálica da iguana preenchia a tenda. — Esta é a *última chance* que eu dou àqueles que estão na lista de irem embora. A magia carregada pelo canto de nossa Anna-Sena nos protege e aprisiona. Quando sua voz entoa, os portões entre o mundo físico e o que há além se fecham ao nosso redor e não há mais como saber em qual território se está. Sair após a música de abertura significa talvez perder-se em outra esfera e jamais retornar para casa. Esse é o preço que pagamos, o trato que temos com todos aqueles acima de nós, que mesmo não concordando com nosso trabalho, permitem que ele aconteça; mas estes nos deixam por conta própria para lidar com dores, alegrias, conflitos e encantamentos desses dias mágicos, sem chance segura de fuga. Isso era sabido por todos desde o início do treinamento que fizeram para estar aqui. — Ele fez uma pausa, levando os olhos de predador pelas silhuetas envoltas em névoa artificial, por detrás dos holofotes, ofuscando sua visão. Nenhum som, além dos ocasionais estalos estáticos do microfone, pairava no ar. Manolo suspirou e retomou a palavra. — Eu vou contar até dez. Se alguém quiser ir embora, que o faça *agora*.

A moça chamada Jane olhou para os pais. Um à sua direita, outro à esquerda. Buscando confirmação. Eles fizeram que não com a cabeça e sorriam para ela, apreensivos, porém decididos.

Agarraram-se. Três pares de mãos trêmulas.

Eles ficariam.

— Um... Dois... Três...

A mulher atrás de Josh tremia. Branca, como os sem vida. Ela não parecia ter forças para tomar qualquer decisão. A entrada de sua testa expunha diamantes de suor brilhando na escuridão, os cabelos já sebosos, colados ao líquido frio que saía dela.

— Quatro... Cinco... Seis...

Joshua pensou ouvi-la rezar, aos sussurros.

— Sete... Oito... Nove...

Com os cabelos emaranhados, o rosto transformado em uma máscara quente, selvagem e vermelha, seu olhar quase insano, cruzou a lona e encontrou um homem do outro lado, parado ao lado da entrada das coxias, uma silhueta afagada por névoa azul. Ele que agora retribuía o olhar dela, com dificuldade, ofuscado pelos holofotes, como estava. Mas a silhueta da mulher que se levantava ele demonstrou conhecer bem.

Ela estava longe demais para que pudesse ouvi-la, mas todo o corpo dela refletiu as palavras formadas por seus lábios:

— Eu sinto muito, Gabriel.... — Sua voz saiu fina e cheia de ar.

Soluçante e ligeira, aos prantos, ela driblou seu caminho por cima de seu vizinho sorridente, e saiu correndo para fora da lona, sob o olhar pasmo e encabulado de quem acompanhou a cena; sob sussurros penalizados.

Josh havia identificado o rapaz para o qual ela direcionou seu adeus, e acompanhava-o agora com os olhos. Gabriel, que após um segundo sem reação, correu para a saída.

E Josh soube que a mulher que fugira arrastando medo, vergonha e luto era Lisa.

— Dez. — Disse Manolo, num suspiro triste. — Senhoras e senhores, com vocês, a estrela do Circo das Lembranças Esquecidas: Anna-Sena! Feliz Halloween!

A voz do diretor do circo e o aplauso estrondoso dos fãs da cantora abafaram o choro da mulher, que se perdia ao longe.

As luzes apagaram por completo, a iguana deixou a lona e sentou-se na cadeira ao lado de Josh.

Do centro da arena, a névoa azulada e perfumada subiu grossa como nuvens de tempestade, envolvendo o público em um abraço. Os holofotes acenderam, com um estalo, e iluminaram o canto direito, ao fundo, de onde se aproximava uma sombra.

O som baixo de tambores e o leve uivo de lobos arrastaram-se pela plateia, preenchendo o ar de uma energia densa e macabra, surpreendendo Joshua.

O público entrou em delírio. Lançou um olhar para Manolo e ele lhe sorriu:

— Olhe para lá, você não vai querer perder quando ela começar a cantar.

O público gritou mais — em verdadeiro *frenesi* — quando as gêmeas deslizaram elegantes do teto, vestindo brilhantes trajes de acrobatas, enroscadas em tecidos coloridos.

A melodia fúnebre manteve seu ritmo. Os mortos na plateia moviam seus corpos ao ritmo hipnotizante da música.

Batuque. Uivos abafados. Tambores. Baixo. Trompete. Uivos.

E, então, como se saindo de um sonho, a voz de uma mulher ecoou. Grave, inebriante.

A névoa dispersou-se e a luz vermelha do holofote iluminou Anna-Sena no centro da arena.

— Muitos dos mortos vêm de muito longe só para ver a Anna cantar. — Explicou Manolo para Josh, que sentiu o ciúme arder ao ver a excitação do público masculino direcionada à Anna.

Sorriu e aplaudiu junto com os outros, admirando a cantora mover-se sensual, confiante, uma mão segurando um microfone *shure*, a lateral das pernas à mostra em seu vestido *burlesque*.

A mulher chamada Lisa corria até seu carro. Cabelos emaranhados, rosto ainda vermelho e quente do choro. Respiração apressada e imprensada, desenhando tribais de vapor no ar.

O parque de diversões era grande. O estacionamento era longe.

Só alguns poucos ajudantes do circo estavam do lado de fora da lona, ouviam os sapatos de salto alto da mulher chamada Lisa esmagarem a terra do chão, cada vez mais distantes.

A voz de Anna-Sena era carregada pela brisa e ecoava na noite. Abafada, fantasmagórica.

Os ajudantes sabiam que ele estava lá, em algum lugar. Os ajudantes sabiam que todos os outros viriam, pois este era um ano depois de quatro.

Não havia nada que pudessem fazer.

Ele viu a mulher chamada Lisa correr, perder o fôlego, colocar as mãos na cabeça e girar ao redor de si.

Onde estava o carro, ela perguntava-se.

Sem pressa, jogou o charuto no chão, e foi atrás dela.

Ela andava para o lado errado.

A mulher chamada Lisa não acharia o seu carro antes do fim da música de Anna-Sena.

CAPÍTULO 14

De sua camisola agora cinza e rasgada ainda pingava água.

Ela observava a festa no circo por detrás de um dinossauro caído. Respirava rápido e o ar que saía de si era tão gelado quanto as águas nas quais ela passara o dia mergulhada.

Após a primeira música de Anna-Sena, Paco, o apresentador, anunciou as gêmeas Cora e Adelaide, ou *O Trapézio Assombroso.*

Da visão do público, elas pareciam etéreas, translúcidas. Formas luminescentes em meio à névoa azulada. Uma ao alto, segurando sua irmã com apenas uma mão, a outra enroscada no lenço. Leve, ela girou ambas, formando uma espiral colorida no ar, arrancando aplausos do público encantado, até que a segunda soltou-se e desapareceu. A plateia soltou um suspiro coletivo, e a moça reapareceu, materializada, no centro da lona.

Os aplausos de alívio e admiração preencheram a tenda. Com a graciosidade de pássaros, elas seguiram sua apresentação aérea, jogando--se de um lado para o outro, no ar, desaparecendo e reaparecendo até sumirem de vez, por trás das cortinas, ao fim de seu ato.

O malabarista entrou e, se não fosse por seu andar, Joshua jamais teria reconhecido Hermann. O jovem ex-piloto, bem-apessoado e sólido, agora não era mais que um esqueleto vestido com trajes de um bobo da corte. Seu sorriso eterno direcionado ao público, encarando-o em um misto de fascinação e repulsa. Em suas mãos ossudas, ele carregava mais ossos e crânios. A plateia recuou quando as cabeças incendiaram-se. E Hermann arremessava os crânios flamejantes, que emitiam risadas fantasmagóricas enquanto voavam pelo ar, inquietando o público. Após minutos de absoluto silêncio, o fogo nos ossos implodiu em sua mão, e ecoou um último riso, lento, grave e rouco pela tenda.

Após um momento de silêncio nervoso, a plateia se despediu dele com aplausos estrondosos.

Scott, ou o Fortão Zumbi, veio em seguida. Imponente e decadente, ele levantava lápides enormes e realizava proezas de força com uma facilidade desconcertante. Até remontando a si mesmo depois de ser desmembrado como parte do ato. Grotesco e admirável.

Aletha, a Marionetista Vodu, veio em seguida, carregando uma jaula coberta por um pano preto. Na luz dos holofotes, coberta pelo nevoeiro, ela mesma parecia feita de trapos.

Ela começou seu ato revelando uma variedade de bonecos de marionete e, agora de perto, percebia-se que cada um deles fora criado a partir de restos de esqueletos humanos, com órbitas oculares ocas e sem vida. Seus membros moviam-se com fluidez não natural. *Staccato.*

Com cordas invisíveis, ela controlava as marionetes, fazendo com que dançassem, torcessem-se e se contorcessem. Movendo-se em perfeita harmonia com a melodia desconfortável e fúnebre vinda dos alto-falantes. Enquanto as bonecas se moviam, elas revelavam sua origem: almas perdidas. E sussurravam suas histórias de arrependimentos e sonhos há muito esquecidos. Suas vozes assombrosamente melancólicas tocavam o público, ganhando sua empatia e suas lágrimas. Histórias de trágicos casos de amor e espíritos vingativos em busca de redenção.

Aletha deixou a lona sob completo silêncio. Quando desapareceu por completo com seus bonecos, a onda de aplauso correu pela tenda, na intensidade de um trovão.

Paco anunciou o último ato, pedindo para que a plateia ocultasse seus pensamentos, pois o Ilusionista Fantasma tinha meios de entrar em suas mentes.

Prince entrou na lona, uma figura envolta em vestes esfarrapadas, fluindo com a névoa, como sendo parte dela, ou como se feito de água. Seu rosto, escondido atrás de uma máscara composta de restos de espelhos antigos e assombrados, refletia imagens em constante mudança. Imagens dos medos e desejos mais profundos dos indivíduos no público.

Ele desafiava os limites da realidade, andando por paredes sólidas e desafiando a gravidade. Ao fim, convidou o público a confrontar seus medos mais profundos, criando ilusões que forçavam os espectadores a enfrentar seus demônios internos, manifestando-os em espectros que se arrastavam pelas sombras da tenda do circo.

Durante toda a apresentação, a voz sinistra de Prince ecoou histórias de almas perdidas e lugares assombrados. Ao fim de sua apresentação, o choque segurou os aplausos por vários minutos. Que vieram, então, em uma onda de fascinação.

Paco chamou Anna-Sena ao palco mais uma vez, que acalmou os ânimos com sua voz, encerrando a estreia. Ao fim de sua canção, a trupe despediu-se, sob grande ovação.

Após o espetáculo, Josh foi cumprimentar os artistas, ainda sob o efeito de seus atos, e viu Manolo quase expulsando um homem de estatura média, forte e cabelos curtos rente ao couro cabeludo, que olhava para Anna-Sena em um misto de ódio e desejo. Hermann segurava uma garrafa de cerveja na mão, e encarava-o, frio.

— Eu perdi alguma coisa? — Josh sussurrou para Anna, ao notar a tensão quase palpável do lugar.

— Todo ano vem um imbecil que não fez o treinamento e acha que pode, digamos, saciar desejos mórbidos. — A cantora respondeu, enquanto se dirigiam para a saída.

— Como assim? — mas ele havia entendido muito bem que o tal homem havia feito alguma proposta em troca do corpo de Anna-Sena.

— Aquele lá, Frank o nome dele, ou Fred, não sei, acompanhou uma parente, eu acho. Ela desistiu de vir, e deu o passe pra ele. Quando a pessoa morta, acredito que a irmã dele, chegou e o viu, ela foi embora. Agora, cá estamos, presos com esse idiota por três dias.

O público lá fora se divertia: comprando doces nas barraquinhas, jogando jogos, dançando. Joshua sugeriu a ela um passeio. Anna aceitou com um sorriso.

— A apresentação foi... *Uau.*

— Se assustou?

— *Você não*?

Ela riu, rouca.

— Agora ninguém mais pode sair daqui?

— Exatamente. A minha voz abre os portões de lá e fecha os de cá, e todo mundo que tentar sair, vai parar em qualquer outro lugar, menos aqui. Vão ver o que você viu desde hoje cedo.

— Agora todo mundo tem a minha habilidade?

Anna-Sena acenou que não.

Ele pensava como perguntá-la o que precisava fazer para se tornar um dos ajudantes vivos da trupe e vê-la mais vezes do ano que somente no Halloween.

Passavam agora por um grupo próximo a uma fogueira, onde Paco, para surpresa de Josh, tocava o acordeom com grande destreza.

— Você não pode sair *por causa* da sua habilidade; a sua energia, digamos, sempre esteve alinhada com o Halloween. — eles riram. — E por isso, você se perderia no portal. *Eles* não podem sair porque eu abri o caminho.

Os dois não disseram nada por alguns minutos, permitindo a música chegar até eles e preencher o silêncio, seguindo-os para a montanha-russa. Por fim, entraram na garganta do felino colorido indefinível, iluminada por tochas.

Sentaram-se em poltronas posicionadas ao longo do trilho, com o propósito de garantir locais de privacidade para os visitantes e não disseram nada por mais um instante. Contra as paredes em forma de tubo, as sombras de dois jovens sem saber como iniciar uma conversa alongavam-se. Fazendo deles dois gigantes silenciosos, ampliando dúvidas e anseios.

— Você se importa em me contar... — Joshua quebrou o silêncio.

— Como eu morri?

Ele suspirou.

— É.

Eles silenciaram outra vez. Josh apertou a jaqueta contra o corpo.

— Quer saber mesmo?

Ele só acenou com a cabeça.

— Eu que fiz isso comigo mesma. — disse ela, de uma só vez.

Ele girou a cabeça na direção dela, como um boneco cuja chave havia sido girada. Boquiaberto.

— Decepcionado?

— Não. Assustado. Incrédulo, talvez.

Anna tirou os olhos dos dele, indo buscar as lembranças de seu passado.

— Na ditadura... — ela continuou — Eu fui levada... eu...

Ele colocou a mão sobre a dela e apertou-a, gentil.

— Você não precisa contar, se...

— Não, não. Eu quero contar. — eles sorriram um para o outro, sinceros. — Eu lembro de coisas idiotas, como a temperatura do banco do carro em que fui pressionada, por exemplo. Estava quente, como se o sol tivesse batido a manhã inteira de um lado só. Eu lembro do sentimento de vazio, da letargia, de querer gritar e de não ter coragem. Eu esperava pela morte, eu tinha certeza que eu ia morrer. Certeza absoluta. Eles me colocaram uma venda e me levaram para algum lugar. Um porão, eu acho. Eles me fizeram perguntas para as quais eu não tinha respostas, então, eles me batiam e... bem... dá pra imaginar mais o quê, não? — olhou para Josh, mas ele não respondeu. Com os olhos agora no horizonte, continuou. — Só no primeiro dia, cinco homens diferentes entraram e saíram de mim. Eu tive nojo de mim mesma, por anos eu achei que estava sendo castigada por... Não sei... Por não ter ido à igreja todos os domingos! — ela suspirou e soltou um risinho seco. — Eu fui solta depois de uns três dias e não sei te dizer como eu cheguei em casa. Os anos foram torturantes. Eu não conseguia contar pra ninguém o que eles tinham feito comigo. Eu sentia dores no corpo, no coração... Eu me isolei do mundo. Não confiava em ninguém. Não dormia. Tinha pesadelos constantes, febre emocional. Todo homem que eu encontrava na rua era uma ameaça. Eu acreditava reconhecer suas vozes. Poderia ter sido qualquer um. Um tio, um primo, um colega... Eu não vi seus rostos nos dias de tortura porque meus olhos estavam vendados o tempo inteiro. Então qualquer homem era... Sabe? Não havia imagens às quais eu pudesse me agarrar. Era só cheiro... de suor, de urina, de sangue. As vozes martelavam na minha memória... Eu tentei, eu juro que eu tentei, mas aí um dia, então, eu tomei a decisão. Essa não é sempre uma coisa que a gente sabe que vai fazer. Nem todo mundo deixa pistas, eu não deixei nenhuma. Eu simplesmente, decidi. Era noite. Eu ainda lembro, de fato, como foi. Tava calor, mas eu tremia tanto. Eu peguei uma cadeira na cozinha e levei para fora. Acredita que arrumei meu quarto todo antes? Todo! Cama esticada, chão varrido, poeira espanada, as roupas no guarda-roupas separadas por cores! Mas não deixei uma carta de despedida sequer pra minha família. Nada. Nem espiar em seus quartos, enquanto eles dormiam, eu quis. Fiquei com medo de perder a coragem ou de ficar com vergonha. Eu tomei cuidado pra não fazer barulho e saí na escuridão. A brisa estava fraca, mas ela bateu a porta atrás de mim com uma violência... era como se a natureza soubesse o que eu estava prestes a fazer. Eu olhei para a nossa casa uma última vez, ela era simples, mas era a minha casa, o meu lugar favorito no mundo. E eu sabia que eu não encontraria nenhum lugar seguro, enquanto eu levasse todas aquelas lembranças dentro de mim, mudando quem eu era.

— Eu ainda ouço o som arranhado, que o chão de terra fazia embaixo dos pés metálicos da cadeira que eu arrastava até a mangueira no quintal. Eu subi, me pendurei no galho mais grosso, para ver se ele aguentaria meu peso. Pedi desculpas à árvore.

Ela riu. Seca.

— Senti o vento balançar minha camisola, meus cabelos; eu senti o cheiro úmido do orvalho e amarrei meu cinto ao redor da garganta, depois, no galho. Eu contei até três e chutei a cadeira. Aí que o pesadelo começou, de verdade. Meu pescoço não quebrou. Eu teria que morrer por *asfixia*. Ali, eu soube, que a morte sempre vem olhar nos seus olhos, antes de te levar. Demorou até o oxigênio parar de bombear o meu cérebro, mas, então, o mundo virou nevoeiro, e a minha cabeça virou nevoeiro, eu sentia, que eu não lutava pra me livrar do couro, que pressionava a minha garganta. E meu corpo começou a balançar mais devagar. Pra lá e pra cá. Como um pêndulo. Até que o mundo escureceu. Eu me vi, lá, pendurada, vazia. Uma pintura em cinza e preto. Minha silhueta, inerte como o tronco da árvore, a cabeça para o lado, os olhos abertos. Eu perdi a consciência outra vez. Quando eu acordei de novo, eu estava encostada em um muro. Era igual à parede da minha casa, mas era um único muro, não tinha casa. Só a árvore estava lá, me acusando. Eu fiquei sentada muito tempo sem ter forças para levantar. Ao meu redor, só havia a árvore, um muro e o deserto. O sol parecia uma bola de sangue sobre a minha cabeça e eu tinha sede. Mas os pesadelos, eles não acabaram com a minha morte. Nem a dor, nem as lembranças sumiram. Eu estava sozinha, com sede, com fome, com dores pelo corpo. Eu fiquei perto do desespero e com um ódio muito maior do mundo, do que eu já sentia. Os abutres voavam e esperavam que eu morresse de novo, eu acho. Eu sentia a minha pele queimar e colar do calor, do suor. E achei que estivesse no inferno. Mas nem o diabo teve a decência de aparecer para me receber.

Mais uma vez, ela riu uma risada sem humor.

— Foi aí que eu vi, bem ao longe, a poeira levantar e eu sabia que alguém tava vindo a cavalo, mais de um até. Eu sabia porque eu ouvia o trote. Eu parei, então, no meio daquela estrada de terra machucada pelo sol e acenei com os braços. Eu acreditei que ninguém fosse me ver e ajoelhei no chão, na esperança de que os cavalos me pisoteassem e fechei os olhos. Eu não vi quem foi, porque eu fiquei de olhos fechados com um medo absurdo de ver quem ou o que andava de carruagem naquele lugar. Mas *alguém* me pegou pelo braço, me guiou até a traseira do veículo, me deu água e me pôs pra dormir. Quando eu acordei, eu vi uns seis pares de olhos, curiosos e penalizados me encarando. Eu levei um susto e me encolhi no canto da parede, porque alguns deles eram bicho em tamanho de gente.

Ela riu, agora com carinho.

— Cada um vinha de um canto diferente do mundo, até de outros mundos, mas todos eles me entendiam. Um empecilho a menos. Foi Manolo quem me nomeou como a voz do circo e me convenceu a fazer de mim mesma isso aqui que você vê.

Ela apontou para o próprio rosto.

— Eu não sabia, mas meu rosto estava desfigurado do tempo ao sol e da desidratação. Eu não teria forças pra fazer com que ele voltasse ao normal, eles me disseram, pra isso eu estava muito fraca e muito machucada. Acho que até hoje eu não teria forças de voltar a ser quem eu era. Eu acho que eu nem *quero* voltar a ser quem eu era.

Joshua não respondeu. A história o fez se sentir pequeno, insignificante. A dificuldade em digerir a narrativa roubou sua fala, mas ele juntou coragem para dizer a única coisa que poderia ter dito.

— Eu sinto *muito*.

Anna-Sena deu de ombros. Ele não viu, mas sentiu.

— Faz muito tempo. E eu não quero passar esses dias tão curtos sofrendo pelo que eu não posso mudar. — Joshua sentiu o olhar dela cair sobre ele. — Tem alguma outra coisa que você quer me perguntar desde que chegamos aqui em cima, não tem?

Em resposta, Joshua se apressou em focar no chão.

Ela riu.

— É tão óbvio assim?

— Não sei se é óbvio, mas *eu* percebi. Não é o que importa?

— Eu não quero ser rude... Depois dessa história pesada, eu... — ele bufou.

— Não será. — garantiu, em voz baixa, grave e um tom sussurrado capaz de arrepiar o mais frio dos homens. E ele, que já estava sob seu feitiço, sentiu uma fisgada em partes comprometedoras, aumentando seu embaraço.

Josh passou a língua nos lábios para umidecê-los só para perceber que a secura vinha de dentro. Como se vazio de toda sua água. Engoliu, empurrando a pedra na garganta para o estômago apertando em antecipação. E retornou o olhar para ela, a abominação dominando seu interesse, seu desejo. Ele *gostara* dela. Sua atração por ela era repentina e macabra, ele sabia. Ele sabia que aquilo que hoje se chamava Anna-Sena, havia sido, uma vez, uma jovem, que morreu no Rio de Janeiro há pelo menos quarenta anos. Mas estava ali, em carne e osso, cheirando a perfume e pecado.

— Posso te dar um beijo? — ele soou mais firme que o esperado. Muito mais seguro do que tinha imaginado conseguir ser.

Anna-Sena sorriu. Belos dentes, formando pequenas covas em seu rosto, os olhos castanho-avermelhados brilhando, como rubis nas paredes de uma caverna guardando beleza e perigo.

— Tem certeza que quer beijar uma moça morta com idade para ser sua avó?

O tom era o mesmo de antes e lançou correntes de eletricidade por Josh, fazendo suas mãos suarem no frio do outono.

Ele sorriu.

— Dizer o quê? Os ingleses são mórbidos...

A moça riu. Rouca. E aproximou o rosto do seu. Roçando o nariz no dele. Brincando, como um gato com sua vítima. Josh fechou os olhos, não percebendo que seus lábios partiram-se, receptivos. Ela sorriu triunfante. Ele não viu, mas sentiu.

— Se você soubesse como fica sensual quando se desprende, faria isso com mais frequência. — comentou ela.

Josh sorriu sem abrir os olhos, a calça apertando contra seu inchaço pulsante, enquanto inalava o hálito dela, quente, contra toda a lógica, cheirando a um misto de menta e morango.

Ela passou a língua em seu lábio superior e ele apertou o ferro do brinquedo embaixo de si, sentindo dor. *Fome.* E recebeu o beijo ardente de Anna-Sena, acompanhando o seu com tanta harmonia que, se ele estivesse em condições de pensar com clareza, se rebelaria contra a vida por suas injustiças.

Pensaria no quanto ele gostaria de poder conhecê-la melhor. De estar em outra época, em outro país, e fazer o impossível para impedir uma moça chamada Ana Helena Azevedo Sena de tirar sua própria vida.

CAPÍTULO 15

A mulher chamada Lisa encarava o céu. Sentia o chão embaixo de suas costas. Sua temperatura e textura. Gélido, crespo, rijo.

De algum lugar de sua memória, surgia uma sequência de sensações e imagens.

O coração marretava em seu peito, com a fúria do punho de quem precisa escapar. As mãos geladas de medo e de frio pareciam fora de seu controle. O vento furioso batia contra o suor em seu rosto, trazendo a baixa temperatura para dentro de seus poros. Ela limpou a testa e o nariz com as costas da mão. Apertou o sobretudo ao redor do corpo.

Longe da tenda, a escuridão apenas apresentava a silhueta dos brinquedos parados, dos dinossauros de cera caídos, quebrados e silenciosos. Olhos de plástico estáticos brilhavam como estrelas sob a luz das tochas espalhadas pelo terreno.

Não havia mais ninguém ali; as pessoas, vivas ou mortas, estavam todas reunidas para a festa dos Horrores. *Oh, meu Deus... os mortos... os vivos.* Pensamentos que fervilhavam em sua mente, impossíveis de conter, junto com a repulsa. No entanto, uma parte dela ansiava pelo conforto das risadas. E até mesmo pela voz da moça cantando a música carrasca que os aprisionava no terreno por três dias. Bela, a voz morna e grave subia pelos ares e cobria o ambiente. Soava ao longe, como o eco de um sussurro, preenchendo sua alma com a esperança de escapá-la antes que fosse tarde demais.

Apenas os próprios passos ela ouvia. Rápidos, incertos, rígidos. Buscava seu carro, desorientada, sem a menor ideia da direção onde se encontrava o estacionamento.

Gabriel... pensou. Pela primeira vez, pensara naquela aberração. Seu marido. Não, ele não era seu marido. Não mais. Gabriel estava morto e enterrado há dois anos. Há dois anos, ela levava flores para a sua cova. E então, uma amiga lhe contou sobre a existência do *circo dos horrores,* na festividade do *Halloween e Dia de Muertos.*

Ela tinha passado os últimos tempos sozinha. Dormia vestida com as roupas dele, recusando-se a deixá-lo partir. Ela não podia. Sentia tanto a sua falta. Tanto. *Ah, Gabriel...*

Por ele, ela fez o tal treinamento. Leu os livros indicados. Visitou cemitérios na calada da noite. Usou ópio para entrar em contato com a iguana e com o macaco-prego, com a moça chinesa e a caveira cantora.

Por meses, ela não dormiu em paz, com medo de que o tal treinamento tivesse aberto as portas da sua casa para todo o tipo de coisa morta, com corpo de bicho. De monstro!

Tudo isso para ver seu marido outra vez. Para *senti-lo* outra vez. Eles disseram que era possível, que os portões do além estariam abertos nos dias da grande festa dos mortos.

Ela havia chegado e estacionado seu carro. Dado seu nome na entrada para uma mulher com uma prancheta na mão. Viva. Uma das médiuns assistentes.

O ambiente do circo a deixou admirada, ao primeiro olhar. Por um segundo, ela esqueceu a condição fúnebre em que se encontravam grande parte dos presentes. *Mortos.* O calor das muitas luzes, os sorrisos sinceros, o cheiro de algodão-doce, de pipoca. As cores. Cores intensas. Vivas!

Uma moça bem maquiada, de roupas de dança, apertadas e coloridas, levou-a até uma caravana cigana, indicou-a que entrasse. Ela respirou fundo, as mãos inquietas, denunciando seu estado de espírito. O sangue esvaiu de seu corpo, quando ela pôs a mão na maçaneta. Agora saberia se havia ainda um Gabriel.

A porta rangeu ao abrir. Antes mesmo de entrar, ela pôde sentir a temperatura lá dentro. Enxergou a luz difusa e entrou. O interior parecia limpo, embora simples. Sobre o chão de madeira, um tapete em tons de vermelho e amarelo.

De olhos fechados, fechou a porta e encostou a testa nela. Uma de suas mãos ainda estava agarrada à maçaneta, a outra a seu corpo. Ela ouvia a própria respiração. E sentia uma presença. Havia mais alguém no lugar. Seu corpo pesou e pareceu morrer. *Morrer*. Lentamente, ela virou o corpo, não se afastando da porta, como se a madeira a estivesse sustentando, sem querer admitir a necessidade de estar próxima a uma possibilidade de fuga.

No entanto, ela não passara pelo que passara só para ir embora sem vê-lo.

Abriu os olhos, então. Não enxergando muito, no cômodo iluminado apenas por um abajur alaranjado, próximo de onde ela estava. Mas havia uma cama e um pequeno sofá em frente a ela, nele, uma sombra em forma humana.

— Gabriel? — sua voz saiu mais firme que o esperado.

— Ei, moça do chocolate branco — soou uma voz masculina, alguns metros à sua frente e ela explodiu em choro, e risos, ainda de olhos fechados. Ainda grudada na porta, a mão esquerda sobre a maçaneta.

Moça do chocolate branco! Só Gabriel a chamava assim, uma brincadeira interna sobre a maneira como se conheceram e sua preferência pelo doce.

Virou, deu alguns passos à frente e a sombra tomou formas e cores. Lá estava ele.

Um pouco mais pálido que de costume, mas... os mesmos olhos castanhos, o mesmo cabelo escuro, o mesmo sorriso largo. Gabriel.

Ele calculava bem seus movimentos, temia assustá-la. Ela deu mais um passo e depois outro. Pernas vacilando, o rosto quente e vermelho de emoção.

Ela ajoelhou-se em frente ao sofá. Chorando e rindo.

— Gabriel — sussurrou, tão feliz, incrédula, inebriada. — Eu não acredito. —sussurrou outra vez, levantou o corpo e abraçou-o. Forte.

— Eu posso te tocar — mais um sussurro dela.

E ficaram assim por alguns minutos. Ele beijou seu pescoço, de leve e ela arrepiou-se, incendiou-se. Dois anos sem ele. Dois anos sem um abraço romântico. Ela não *queria* o abraço de outro alguém. Queria o seu marido de volta. E lá estava ele. Ele beijava o seu pescoço, com cuidado. *Gabriel*, ela ronronava.

O marido levou o rosto ao dela e ela pôde sentir sua respiração. Ele respirava! E seu aroma... *Gabriel*.

Tocou os lábios dele com os seus e por um milésimo de segundo, ela temeu que eles estivessem frios e sem sangue. Mas ela beijou-o e empurrou a língua trêmula em sua boca, que, para sua surpresa, estava *quente*. O gosto do beijo era o mesmo de sempre, mas a intensidade era aquela dos primeiros encontros apaixonados. Ela inundou-se. Eles despiram-se rapidamente, com saudade e pressa. E o delírio invadiu-a, ao sentir a pele daquele corpo tão amado tocar a sua. Quando ele escorregou para dentro dela, de novo e de novo, ela gemeu e quase perdeu os sentidos.

Na sede que tinham, após pouco tempo de silêncio e contemplação, amaram-se mais uma vez.

Ao retornar a si, depois que as batidas de seu coração voltaram ao normal e a temperatura de seu corpo esfriava, seu cérebro lembrou-a de que ela havia levado flores à tumba daquele *mesmo* homem por dois anos consecutivos. E sentiu o frio do medo assombrá-la outra vez.

Eles conversaram. Monossílabos. *Ele sabe que tenho medo dele*, ela pensava, triste. Eles vestiram-se. E ela só lembrava das palavras da iguana, ao colocar seu nome na lista. Não havia garantias sobre sua segurança. Não havia garantia de que o portal do além não a engolisse, e não havia garantia que ela viveria no mesmo lugar que seu marido, se ele o fizesse.

Houvera casos de desaparecimento no passado durante a festividade. Pessoas assustadas, acordando no próximo dia e encarando a realidade de sua situação grotesca. E havia o perigo desconhecido até mesmo para aqueles sediando a festa. Mas ele só aparecia, quando mesmo? A cada... *cinco anos*?

Deitada ainda no chão, sozinha, sem se mover, a mulher chamada Lisa lembrava-se ainda... De ter saído correndo do circo, deixado seu marido lá, que correu atrás dela, mas na direção contrária, já que ela conseguira se esconder. Lisa o deixara lá, e todos sabiam. Era como abandoná-lo no altar.

Morto ou não, ela o havia machucado e essa certeza a destruía por dentro. Ela sairia do terreno antes do fim da música, iria para casa e voltaria amanhã, se eles permitissem. Mesmo que não pudessem sair do parque, alguém com certeza poderia entrar. Pensava. Desejava. E pediria. Não, *imploraria*. À cantora. Ela lhe pareceu tão romântica durante o treinamento. Como era mesmo o nome dela? Ah! Anna-Sena. Exatamente. A moça havia se comovido com sua história. Era influente. Ela a deixaria entrar. Com sua voz! Isso! Amanhã Lisa pediria uma audiência com Anna-Sena, mas agora precisava encontrar o seu carro e ir para casa. Retornaria no outro dia e passaria os últimos dois dias de festa *com o seu marido*. Mas naquele momento, precisava de sua casa, sua cama, um chá quente e um banho. Colocar os pensamentos em ordem. Ela o havia machucado. Foi assim quando ele morreu e agora, de novo. *Ah, Lisa!* Repreendeu-se.

Deixou a cerca ao desistir de encontrar seu carro e ir para o metrô mais próximo. Dava para andar até lá, porém, o parque abandonado era cercado por uma *imensidão* de árvores. Uma floresta. Ela odiava florestas. Na infância, sempre evitava ter que brincar em uma e era obrigada a ouvir suas amigas de escola dizerem o quão medrosa ela era. Mas não se importava com a implicância das outras meninas. Lisa odiava florestas.

As mãos ardiam, secas do gelo no ar. Colocou-as em frente à boca, esfregou-as uma na outra e assoprou ar quente e úmido entre elas. Já não sentia mais as pontas das orelhas. Estavam amortecidas de frio. Assim como seus pés, em suas botas de couro fino. Tentava passar pela floresta sem olhar para ela, encarando suas botas cintilando na escuridão. Era tolo e ela sabia, mas, em sua imaginação, as árvores ganhavam vida à noite, e abrigavam criaturas não-humanas. Sentiu uma lágrima descer. *Mortos*. A maioria deles. Inclusive seu marido. Ela tinha que sair dali.

O som fino e seco de seus sapatos ecoava alto demais em seus ouvidos. Ela concentrava-se para tentar ouvir a música para calcular suas chances, mas a única coisa que podia ouvir eram os próprios passos, e sua respiração ligeira e falha.

Era melhor voltar, ela pensava. Era melhor tomar algo quente e conversar com... Gabriel? Mas o que era aquilo com a aparência de seu marido? Com seu cheiro, sua voz, seu gosto? Sentiu a pele repuxar do arrepio, por medo e repulsa. E ela tinha *deitado-se* com ele! Aquilo não podia estar certo. A iguana tinha razão: eles iam contra todas as leis da natureza naqueles três dias macabros. Sua cabeça estava confusa e já não sabia mais em que direção pensar.

Alguns metros adiante, ela ouviu um choro. Fino, quase inaudível. Paralisou. Cada músculo de seu corpo pareceu contrair-se, e doía. Mais uma vez, o choro. Respirou fundo e deu alguns passos incertos na direção de onde vinha a voz. Alguém soluçava. Uma garotinha. Sentada no chão, encostada em uma árvore, estava uma menina de pele clara e longos cabelos escuros. Ela usava um cachecol que lhe cobria pescoço e boca. Trazia a cabeça entre os joelhos. Deveria estar com frio, a pobrezinha, pensou Lisa. A menina parecia um filhote de cervo acuado. Encolhida como estava, com os braços envolvendo as pernas delicadas.

— Ei — chamou Lisa, olhando para a floresta ao redor de si, sentindo-a respirar, pulsar e sussurrar chamados. Ela não entrou. — Minha flor... você se perdeu?

A garota parecia paralisada de medo. Não olhava para Lisa, mas acenou que sim com a cabeça.

— Eu acho que ouvi música vindo do outro lado — ela apontou para algum lugar atrás de si, à sua esquerda e soube, no mesmo momento, o quão desnecessário o gesto era. Ela não sabia onde estava, nem para que lado ir. — Talvez, se pensarmos juntas, a gente consegue voltar para o circo. O que você acha? — insistiu Lisa, com a voz doce. Aquela menina poderia ter sido sua filha. A filha que ela jamais teria com Gabriel. Isso encorajou-a a dar um passo para dentro da floresta. Ela estendeu a mão.

— Vem comigo. Eu prometo que eu te levo até os seus pais... Você veio ver alguém... que já se foi? Assim como eu? Eu vim ver o meu marido. E você? — ela tentava ganhar a confiança da menina. Dava passos incertos em sua direção, com o tronco curvado, de braços cruzados, evitando olhar ao redor.

A criança mantinha a cabeça entre os joelhos e soluçava. Era de cortar o coração e Lisa apressou-se. Agachou ao lado da menina, alisou seus cabelos, com as pontas dos dedos. Estavam gelados. Não, molhados!

— Oh, meu Deus! Você vai ficar doente, venha comigo, eu te levo até... — e neste instante, uma certeza infiltrou-se em Lisa, acompanhada do gelo do mais puro terror.

Crianças não eram autorizadas a fazer o treinamento imposto pelo circo. Aquela menina estava morta. Ou algo pior.

Engoliu em seco e a saliva desceu rasgando a garganta apertada. O coração batia já nas amídalas, sua respiração oscilava e ela não tinha força nas pernas para levantar. Tremia no corpo inteiro.

Lisa estava tão perdida em suas especulações, que não percebeu que a menina não mais soluçava. Sua intuição lhe dizia que aquela morta não era como os mortos do circo, como seu Gabriel, ela era... E antes que Lisa pudesse completar seu pensamento, a menina levantou a cabeça de uma só vez e encarou-a, com olhos castanho-claros, tão grandes, que não podiam ser reais: eles ocupavam quase todo o seu rosto. Ela segurou o antebraço de Lisa, que levantou, no susto e soltou um grito de pavor, quando o cachecol da menina desenrolou-se de seu pescoço e caiu, revelando que a criança não tinha boca.

A mão gelada da garota segurava seu pulso esquerdo com tanta força, que ela acreditava sentir seus ossos quebrando. Ela gritava de dor, de susto e de medo. A menina fazia um barulho macabro, gutural, puxando um ar que ela não podia, com a boca que ela não tinha. Os pés de Lisa escorregavam na terra, em cima das folhas secas. Ela tentava dar passos para trás e retorcer o pulso, para que a menina lhe soltasse, mas a criança era forte demais. A garota fazia força nas pernas arqueadas e puxava-a para dentro da floresta. Lisa resistiu e também fazia força nas pernas, também arqueadas. Ela escorregou nas folhas e caiu, levando a criança consigo para o chão.

A dor pungente da queda sobre o chão duro a fez puxar o ar, por entre os dentes cerrados, e apertar os olhos. Ao cair, o peso de seu corpo fez a menina soltar sua mão. Arrastou-se para trás, sem tirar a garota dos olhos, que se levantava lentamente. Lisa empurrava mais terra com os pés, à medida que empurrava seu corpo para trás. Apoiava-se em pedrinhas finas, como agulhas, que se imprensavam contra suas mãos nuas e entravam em sua carne. Ignorou a dor e virou-se para tentar ficar de pé. Deu mais uns passos rápidos e cambaleantes, sobre os quatro membros, empurrando ainda mais as pedras para dentro das mãos ensanguentadas. Apoiou-se em um dos joelhos para levantar e sentiu a mão gelada da menina pegar seu tornozelo e puxá-lo. Lisa caiu de novo, amparando a queda com as mãos. A dor dos furos e a dor dos ossos que a ampararam fizeram com que ela perdesse as forças e deixasse o torso cair. Bateu a testa, com violência, na raiz de uma árvore. O local abriu no ato. O líquido vermelho e viscoso banhava seu olho direito, em uma cachoeira com cheiro de ferro. Ela limpou o rosto com as costas de uma mão, enquanto tentava chutar a criatura atrás de si. Ela acertou alguma coisa, ela não viu, mas sentiu. Segundos depois, a dor lancinante do corte de unhas finas, como navalhas, penetrou em sua canela e panturrilha. Quanto mais ela se sacudia para que a menina lhe soltasse, mais as unhas encravavam-se em sua carne. Ela gritou um grito rouco e encravou as mãos no chão, para tentar livrar o corpo das garras da criatura. Em vão.

A menina puxava-a para trás, ela sentiu seu suéter subir. Agora a pele nua de sua barriga estava em contato com a terra gelada, que a arranhava. Queimava. Ela sentia o peito arder. Seu tórax já parecia um pedaço de gaze usada: arranhado, com pedaços de pele morta pendurada, suja de terra, de lama, de sangue. Ela avistou um galho seco de árvore, ele era pequeno e não muito grosso, mas parecia estável. Sem muito pensar, ela apoiou-se nos cotovelos e, como um soldado em exercício, puxou seu corpo em sua direção. Ela sentia a dor dos ossos a cada centímetro que conseguia mover-se. A menina gritava, seu grito gutural, atrás de si. Lisa suava frio, seu rosto estava quente do excessivo gasto de energia. Ela deitou o corpo, esticou o braço o máximo que pôde, e sentiu a pele esfolar-se mais uma vez, nas pequenas pedras finas da floresta. Com um grito, ela segurou o galho, usando toda a força que ainda tinha na mão em carne viva; ela girou o corpo, veloz, na tentativa desesperada de fazer com que a menina soltasse sua perna, mas ela subestimara a força da criança. Na virada violenta, seu tornozelo quebrou. O barulho soou alto em seus ouvidos e a dor do osso quebrando quase lhe tirou os sentidos. Entre lágrimas, ela soltou outro grito, que era de dor, de fúria. Um grito de guerra. Ela ergueu o abdômen, em um só movimento, e bateu com o galho na cabeça da menina. A garota soltou sua perna, ao cambalear para o lado. Lisa levantou e se preparou para correr.

A porta rangeu ao abrir. Poucos metros à frente, ela bateu em um homem, que durante a sua luta, não esteve ali. Ele puxou seus cabelos para trás, girou-a, grudou seu corpo quente, trêmulo, ensanguentado e sujo no seu gelado, rijo e limpo, e puxou uma faca sobre sua garganta, da esquerda para a direita. Devagar. Ela sacudia-se, mas era inútil. Com toda a calma do mundo, como alguém que confeita um bolo, ele segurava-a.

Lisa sentiu a dor do corte. Um segundo depois, viu seu sangue escorrer embaixo de si. Foi jogada no chão, bateu com as costas no chão e perdeu o ar. Seus olhos arregalados e lacrimejantes encontraram olhos cor de terra seca, que a olhavam sem expressão.

Tudo isso passava por sua cabeça agora. Ela estranhava não mais sentir dor. Sabia para onde ir agora. Sabia para que lado ficava o circo. Sabia com quem falar e o que fazer. Levantou-se e seguiu seu caminho.

A mulher chamada Lisa não era mais aquilo que ela acreditava ser.

CAPÍTULO 16

Ele viu a caveira cantora levar o vivo de ouro, como ele e os seus chamavam o rapaz, pela mão. Via o sangue vermelho pulsando nele. O sangue que bombeava vida, que fazia com que os vivos realizassem atividades que ele não podia realizar, como apertar as carnes da moça.

Viu as pernas de Anna-Sena movimentarem-se, firmes, sustentadas por seus pés delicados, dentro das curtas botas negras. Viu a maneira como quadris e seios subiam e desciam a cada passo que ela dava. E se perguntava como os pretendia usar nas próximas horas. Se ela deitaria despida e os esticaria para ele, como uma gata, em dolorosa antecipação do momento em que ele estivesse dentro dela? E continuaria movendo-os então? Sempre para trás, com a fúria e vigor de sua personalidade, o rosto quente como carvão em brasa, de encontro a ele? Talvez. Ele perguntava-se se Anna-Sena fervia em seu interior. Se era úmida. Talvez.

Anna-Sena era um *deles* e não um dos *seus*. *Eles* ganham vida durante as festas dos mortos e podem ser vivos outra vez. Todos os anos. Até mesmo nos anos antes do fim de quatros outros. Mas não ele e os seus.

Não ainda.

Ele acendeu mais um charuto, enquanto os quadris da cantora sumiam com ela na direção onde estava sua caravana e nesta, a cama que ocupava agora ambas as mentes, dela e do vivo de ouro.

Observou a chama de seu fósforo descer e apagar-se antes de entrar em contato com as luvas que cobriam suas mãos. Jogou o fósforo esfumaçante no chão. Levantou o rosto, na floresta, dentro e fora deste mundo, criaturas que nunca sangraram espreitavam nas sombras. Era hora de começar.

— Anna e Joshua sentados em uma árvore b-e-i-j-a-n-d-o.

A voz de Hermann, soletrando a última palavra, entoando o cântico infantil, encontrou o casal que se aproximava, de mãos dadas, à casa de espelhos.

— O nível disso é baixo até pra você, Hermann. — respondeu a cantora. Mas ria.

O malabarista colocou-se entre os dois, envolvendo os pescoços de ambos com os braços.

— Mas antes de vocês irem fazer qualquer coisa que nem é da minha conta, mas pode contar que eu escuto, vamos dar um passeio pelo Labirinto de Espelhos Malditos. — enfatizou a última palavra em tom dramático. — Prince deu tudo de si desta vez e está bem sinistro. — esticou o pescoço na direção em que vinham os outros, como se buscando apoio.

— Deixa os dois curtirem a noite deles, Hermann. — Aletha cruzou os braços, em rigor maternal, ao chegar a eles.

— Vou deixar, mas nós precisamos selar a amizade com Josh aqui, em uma volta pelo labirinto.

— A gente pode fazer isso amanhã. Deixa a Anna em paz. — completou Prince.

— Mas amanhã não é mais Halloween! Perde a graça.

— Certo, certo. — Anna-Sena se pronunciou, livrando-se do braço do amigo. — *Uma* volta.

Ela olhou para Josh, que ria. Ele concordou.

— Para o Labirinto! — celebrou Hermann. E puxou Prince e Aletha pelas mãos.

Atrás deles, um grupo de convidados seguiu para o brinquedo. Entre eles, a moça Jane e seus pais.

Scott decidiu não participar da festa, dizendo a si mesmo preferir não confrontar Anna-Sena mais uma vez para evitar constrangimento ou uma briga na frente dos convidados, sabendo que não era verdade. A verdade é que a cantora tinha razão e ele, vergonha.

Desde sua chegada no Circo das Lembranças Esquecidas, havia ajudado na proteção dos vivos. Devido à sua profissão em vida, Scott tinha grande sensibilidade para sentir a aproximação de perigo e preveni-lo a tempo, conferindo-lhe o encargo de monitorar mortos com segundas intenções durante as festividades, e os Outros, a cada cinco anos.

Seu pensamento rápido e personalidade observadora sempre o auxiliaram a chegar a conclusões antes de todos, e ele executava sua tarefa com rapidez e maestria, expulsando causadores de algazarra e os membros sombrios da banda dos Outros do terreno das festividades. Aqueles seres dos quais ele pouco sabia, mas o suficiente para manter-se em alerta. Não eram humanos, jamais haviam sido, e tinham a capacidade única e intimidadora de infiltrarem-se no pensamento alheio, sugar suas energias vitais e, se algo saísse muito errado, controlar o corpo, aprisionando o espírito e mantendo a alma, que anima a carne, refém. Como uma marionete. Ou um zumbi. Os membros do circo eram imunes aos efeitos mais drásticos dos ataques; visitantes, não.

A posição de Scott dentro do esquema o dava poder de força física contra as criaturas, de forma mais ou menos humana e, para ele, demoníacas. Uma vez jogados para fora do terreno, o campo criado pela voz de Anna-Sena os impediria de retornar. Ele não podia evitar que as *coisas*, como ele as chamava, sugassem energia das pessoas, como vampiros o sangue, porém tinha todo o direito, e até o dever, de impedi-las de tirarem-lhes a vida ou transformá-las em um deles, o que quer que eles fossem. E Scott havia cumprido sua missão de forma competente todas as vezes, trazendo o sentimento de acolhimento tão necessário a todos os participantes daquela folia desprovida de Leis. Mas a bebida viera buscá-lo, outra vez. Como o fantasma de um passado doloroso, a necessidade de ingerir o álcool responsável por sua morte vinha zombar dele. Como uma amante engenhosa, ela o ganhara para si. Assim como em vida, naqueles dias mágicos e assombrados, tinha o poder de embriagá-lo a ponto de ele não conseguir captar o odor das criaturas e se livrar delas a tempo de evitar uma catástrofe.

Porque ele havia retornado ao vício, ele não sabia. Nos Halloweens após sua chegada, ele ainda bebia, porém, com os anos, as garras do monstro foram perdendo a força sobre ele e Scott criara até mesmo um ato e se tornara um dos artistas. E seguia até mesmo satisfeito, perambulando entre os festeiros até o dia 2 de novembro, fazendo sua segurança, como havia feito quando ainda respirava. Alguns dos membros da trupe acreditavam que ele estava passando por uma fase depressiva de consciência, o que o fez rir. No entanto, ele começava a acreditar que a morte, pelo jeito, não destrói muita coisa além da carcaça que fica para trás e assim, toda a oportunidade que ele tinha de tomar um drinque, ele o fazia.

Neste último ano, ele se infiltrou nos treinamentos, onde somente Manolo, Anna-Sena, Aletha e a vidente Anca eram permitidos. Mais uma vez, seu ofício lhe fora útil e ele conseguiu manter-se incógnito para ingerir vinhos e cerveja usados muitas vezes para relaxar os vivos, que tinham dificuldades em se conectar com outros mundos durante o treinamento. Um método, embora não aconselhado pelos membros do circo, mas não proibido. Ele sentia-se melhor logo em seguida, sugando as propriedades do álcool ingerido pela pessoa que ele observava de seu esconderijo. A bebida o fazia esquecer, por um instante, que estava morto e havia deixado sua esposa sozinha com os filhos. Isso porque insistiu em beber demais e atravessar uma avenida escura, mesmo sob protesto de seu time. O fazia esquecer o impacto do caminhão quebrando seus ossos, o som da sirene carregando-o para o hospital que ele nunca viu vivo.

Este ano, ele havia considerado enviar algum dos ajudantes para sua esposa, para falar do circo e talvez trazer seus filhos, agora adultos, para vê-lo, mas não teve coragem e a dor da distância causada por sua própria negligência o carregava para o fundo do lago de culpas dentro de sua alma, fazendo-o esquecer-se da promessa que fizera de proteger as pessoas a cada ano depois de quatro.

Acima de seu corpo inerte jogado no chão gélido da floresta, protegido pela escuridão da noite e pelos longos braços das árvores, estava agora uma figura feminina inclinando-se para examiná-lo, como um bicho examina algo novo: curiosa e cautelosa. Os olhos dele jaziam abertos, encarando o nada, em uma expressão de horror e outra coisa, talvez remorso, mas essa era uma palavra que ela conhecia dos tempos em que era outra coisa. Sem a presença de luz, o sangue escorrendo de sua garganta dilacerada parecia feito de piche, assim como o dela, colado em suas roupas, frio ao toque. Aquele era um deles e *eles* tinham almas vivas, ele havia dito, abandonando-a para recuperar-se da transição por si só. Um *deles* aquele homem no chão era. Deles, que retornam à vida física e podem ser tocados e feridos. Estranho, como se é possível morrer mais de uma vez, mais uma vez expostos às fraquezas da existência humana. E a vida é frágil, algo nas profundezas de sua mente lhe dizia. A vida física tem a densidade de um cristal e a morte é um martelo.

Com o pé, ela afastou o braço cuja mão mole segurava uma longa garrafa de vidro vazia, colocou o rosto próximo ao dele, pois era isso que ela precisava fazer: abriu sua boca. Ela o fez, pois lá dentro, ainda agarrada àquele corpo inerte, havia uma alma ainda não desfeita, que pulsava a energia que ela precisava agora. Ela abriu a sua próxima à dele, inalando o odor ácido da bebida, e inspirou, iniciando o processo de alimentação.

Ao terminar, ela sentia-se mais forte, porém, ainda mais distante de algo que deveria ter sido no passado, mas não se lembrava o quê.

E a mulher chamada Lisa andou para longe do defunto, de maneira estranha. Ela caminhava com segurança, porém seus passos marchavam duros, como se não soubesse mais como fazê-lo. Muito mais lenta do que acreditava ter sido um dia, mas não tinha certeza. Seus olhos viram um homem jovem, com expressões preocupadas e tristes, como se estivesse em busca de algo ou alguém, seguindo pelas ruelas iluminadas do lugar. No fundo de sua consciência, ela acreditou precisar identificá-lo, no entanto, não conseguiu. E passou por trás da tenda do circo, acolhida pelas sombras da noite reconhecendo os que agora eram os seus, formas semi-humanas aguardando ordens. E ela seguiu em busca *dele*, que partiu tão brevemente após executar a mudança significativa naquilo que um dia ela havia sido. Só o que era, ela não sabia.

A mulher chamada Lisa seguia o chamado, junto daqueles como ela, arrastando-se pelo breu. Atendendo o chamado *dele*. Ele os diria o que fazer.

CAPÍTULO 17

O labirinto de espelhos era encantado, disse Hermann, e Josh estava disposto a duvidar da narrativa, mas os outros confirmaram. A curiosidade sobre o que Aletha havia desenhado no chão da entrada superava seu interesse na própria atração. Ela traçara símbolos desconhecidos, abrigados em círculos, riscados no chão de pedras cinzas com precisão ritualística, seguindo os pontos cardeais. Aproximou-se da moça, mas sua intenção desvaneceu quando Hermann, em sua excitação sobre a magia usada no passatempo, avançou e forçou o ilusionista responsável a apresentá-la antes que Josh tivesse chance de falar com Aletha.

— Os espelhos distorcem a realidade — explicou Prince, na entrada decorada com panos de veludo preto, formando a cópia de uma tenda de circo. Ele falava também aos convidados que, curiosos, se aglomeravam, espremendo-se para ouvi-lo melhor. — Eles vão prendê-los em um ciclo infinito de reflexos, com um segredo sinistro — ele levantou uma sobrancelha. — Esses reflexos são capazes de revelar, a quem tiver a coragem de encará-los, os seus medos mais profundos, pesadelos e pensamentos mais sombrios.

Um murmurinho animado subiu pelas paredes da entrada, carregado pelo vento. Prince exibiu um sorriso largo e retomou sua apresentação:

— À medida que navegam pelo labirinto, a cada volta e reviravolta, vocês serão expostos a versões aterrorizantes de si, vislumbrando realidades alternativas, onde seus terrores mais íntimos ganharão vida. Porém, e isso é muito importante, os campos desenvolvidos e criados por mim, com a ajuda indispensável da nossa feiticeira de plantão. Por favor, um aplauso para Aletha — Prince enfatizou, elevando a mão em direção à moça, acompanhado dos aplausos de pessoas sorridentes e intrigadas.

Aletha agradeceu, curvando-se como a dançarina elegante que havia sido, e indicou ao ilusionista para prosseguir.

— De novo, os campos criados por nós não nos pertencem. O que significa que aquilo que verão performando as cenas podem ou não ser fruto do nosso trabalho. Eles podem ser outras coisas, outros fantasmas ou até mesmo encantados, ou não-humanos para quem não conhece o termo. Eles podem fazer isso, pois têm o direito de cruzar os portais do Halloween e vir para este mundo se assim quiserem. A voz da nossa magnífica Anna-Sena aqui, nos protege e nos prende, mas só *fisicamente*. O que essas imagens possam vir a fazer com o psicológico ou emocional de vocês está fora do nosso controle.

— Mas essas coisas — um homem vivo perguntou e todos os presentes viraram a atenção para ele — elas podem *sair* dos espelhos?

— Não — Prince respondeu. — Fisicamente, todos estão seguros dentro da casa.

— Então, o que estamos esperando? — o mesmo convidado emendou, seguido pelo riso dos demais, alguns nervosos, mas todos curiosos. O mesmo homem que havia oferecido a Manolo algo em troca de se deitar com Anna-Sena, e que havia desgostado de receber um *não* como resposta.

A cantora trocou um olhar ligeiro com Hermann, que entrou no brinquedo logo atrás do possível agressor.

As pessoas entraram na casa, lideradas por Prince. Josh foi o último, acompanhado por Anna-Sena, e lançou um olhar intrigado por cima dos ombros, para os símbolos riscados no chão, antes de desaparecer por detrás do veludo.

Uma exclamação preencheu o ar, um coletivo de vozes admiradas, trazendo sorrisos orgulhosos aos criadores da atração.

Todas as paredes do edifício estavam cobertas com espelhos do teto ao chão, de grossas molduras douradas, carregando esculturas em sua estrutura, como folhas e flores, semelhantes aos espelhos do século XIX.

Dentre um e outro, nas paredes, tochas, intercaladas com lâmpadas alaranjadas, iluminavam as passagens, ampliando os presentes com suas sombras.

À frente deles, os vidros refletiam o corredor de entrada, como se ele estivesse vazio. Somente o tapete era refletido, e as chamas das tochas dançando lentas à brisa que entrava pela porta.

Uma mulher segurou no braço de Anna-Sena, com um grito, assustando a moça por um segundo. Todos os olhos buscaram seu rosto e os dela estavam fixos no espelho, ou no reflexo da porta por onde eles haviam acabado de entrar. Os presentes seguiram seu olhar e Josh puxou a cantora em um leve gesto para si, levando a mulher a soltá-la, automática, ainda sem reação.

A primeira imagem a aparecer foi a cópia de Prince, vestido em um terno elegante do século XIX, aproximando-se com uma mão no bolso.

— É hora do espetáculo! — disse a imagem, abrindo os braços, convidando-os.

Por trás deste reflexo, mais cópias dos presentes apareciam. Vestidos como que para um baile de gala, perdidos em um outro século. Vestindo o rosto dos presentes. Eles pararam de forma encenada, como músicos na capa de um disco, para serem contemplados e admirados, sorrindo.

O Prince legítimo, para o qual todos do lado de fora do espelho olhavam, indicou, com um sorriso, que eles entrassem nos cômodos.

Até ali, a ilusão fora criada por ele. Até ali.

A casa era estreita, com vários pequenos cômodos espalhados pelos dois andares, todos decorados da mesma forma.

O público dispersou-se, alguns decidindo, logo no início, abandonar a atração. Dentro do labirinto de luz escassa, Josh se perdeu dos outros, entrando e saindo dos quartos, onde uma cópia dele aguardava.

O rapaz vira versões de si em outras vidas possíveis que sempre acabavam em catástrofe, fazendo-o se perguntar se havia algo de errado em sua energia, se de fato havia chamado espectros negativos para si. Ou se era só azarado o tempo inteiro.

O Prince legítimo, para o qual todos do lado de fora do espelho olhavam, indicou, com um sorriso, que eles entrassem nos cômodos.

Abafados pelas paredes, os gritos acompanhados por risos de embaraço e surpresa dos outros convidados traziam o alívio de não estar sozinho. Desde que chegara ao parque e depois de todas as absurdidades que vivera, O Labirinto de Espelhos Malditos era a primeira coisa a assustá-lo. Distorcendo realidades, os vidros o levaram, várias vezes, até seu grupo de novos amigos, somente para então lhe mostrar figuras em uma outra esfera, sorrindo para ele, maliciosos. Uma revelou Anna-Sena beijando sua ex-namorada, Amber, ambas o abandonando, preferindo uma à outra, ao invés dele. A Amber no espelho dizia que ele não era o suficiente. Nunca o suficiente. E levou Anna com ela.

No balanço das tochas, ele se viu no espelho. Não era um outro, não uma criatura cruel de um outro mundo vindo copiar seu rosto, mas seu exato reflexo. Uma imagem entrou no quarto pela porta que acabara de cruzar. Lenta, em um longo vestido branco, ela caminhou pelas sombras, revelando-se a figura de uma idosa. Já debilitado das violentas emoções causadas pelas experiências até ali, o coração perdia o compasso à medida que a criatura se revelava.

Com o rosto ainda encoberto pelas sombras, ela seguia em sua direção. Preso onde estava, com o medo irracional de se virar e encarar a coisa que, por se tratar de uma imagem existindo dentro do espelho, com certeza não estaria ali, engoliu em seco, levou o olhar para o chão, preferindo assistir à sombra das saias deslizando até ele. Ao levantar os olhos para o espelho, porém, viu a figura do cadáver de uma idosa de olhos esbranquiçados e cabelos emaranhados tocando seu ombro.

Josh soltou um grito e afastou a mão de si, como quem afasta um inseto.

— Ei, Josh. Sou eu, Anna.

A voz da cantora aqueceu-o por dentro, como chocolate quente em dia frio. Respirou mais calmo.

— Você tá pálido. O que viu? — ela soava doce, preocupada.

— Eu vou ficar bem. Mas... nossa — bufou, sem palavras. — Que lugar.

— É... Prince sempre pega pesado nessa atração, mas esse ano tem muito mais coisas aí dentro. Mais ainda do que ele mesmo pensou que teria, até ele tá meio baqueado — ela disse, segurando uma mão dele na sua e afastou os cabelos da testa suada com a outra. — Vem. Vamos sair daqui. A gente vai pro meu *trailer* e eu te faço um chá...

À pouca luz do cômodo vazio, o olhar travesso da moça encheu sua mente de imagens eróticas, levando-o a se imaginar despindo-a de seu vestido burlesque, passando a mão por suas pernas firmes, dentro de meias arrastão, por sua cintura e seus seios, levando-os à boca, sentindo-a render-se a seu toque. Animado pela possibilidade, sorriu e puxou-a para si, pela cintura.

— E Manolo me disse que isso aqui não é o Paraíso. Ele não sabe é de nada.

Anna-Sena sorriu em resposta e recebeu o beijo dele, retribuindo ávida, habilidosa.

Um grito gutural de pavor chegou até eles, enquanto se contemplavam, após separarem os lábios. Do espelho, uma voz abafada veio encontrá-los.

— *É um ano depois de quatro, Joshua Morris!* — disse uma criatura dentro do vidro usando o rosto dele, sorriso aberto.

Eles deixaram o lugar, cambaleantes do susto, buscando a saída entre as muitas reviravoltas da casa, os muitos cômodos e escadas.

Nas paredes, as lâmpadas alaranjadas intensificavam e diminuíam sua luz, como se alguém estivesse movendo uma manivela para controlá-las, aumentando o efeito confuso do lugar.

— *Vocês podem correr, mas não se esconder. Cantoooraaa... e não foi a sua voz que prendeu todo mundo para morrer aqui?*

Eles concentravam-se para não dar ouvidos aos reflexos, olhando para baixo e orientando-se nas bordas, quando foram surpreendidos por Aletha correndo em sua direção, de olhos arregalados e sem fôlego.

— O que aconteceu, Aletha? Cadê todo mundo?

— *Tarde demais, tarde demais...* — disse um dentro do espelho abarrotado de imagens. E desapareceram uma a uma. Deixando o eco de um sorriso malicioso para trás, deixando para trás sua marca no ar, como traço de fumaça. Como uma legião de Gatos de Cheshire.

Anna-Sena esfregou o braço, como se para se livrar do desconforto gélido causado pelo comportamento dos reflexos.

Aletha voltou a falar, chamando sua atenção.

— Muita gente fugiu. Dos sei lá, vinte que estavam aqui, não sobrou nem metade. Nós que ficamos, estamos reunidos embaixo da escada, num corredor, próximo à entrada principal, é o único lugar que não tem espelhos.

— As pessoas fugiram? — perguntou Josh. — Não me admira. A gente ia sair também...

— Não. Não saia — Aletha cortou, recuperando o ar e olhando para eles. — Por isso eu vim atrás de vocês. Os Outros, Anna... Scott, ele...

— Ele bebeu e não estava em seu posto — Anna completou, com voz pequena, incrédula, olhando para o nada.

Aletha apenas acenou, em confirmação.

— Nós estamos protegidos aqui pelos campos de força que fiz lá fora, mas precisamos tirar os vivos daqui. Não temos provisões e esses espelhos vão acabar enlouquecendo um ou outro.

— Mas nós temos imunidade, podemos ir buscar um carro grande e levá-los todos de uma vez até a tenda.

— Nós já pensamos nisso, mas precisamos conversar melhor sobre o assunto em algum lugar sem espelhos... — ela completou, olhando em volta.

De dentro dos vidros, suas cópias retornavam, sorrindo para eles.

CAPÍTULO 18

Ao chegarem no vão da escada, Josh avistou Prince e Hermann cerrando punhos, trocando olhares, Jane e seus pais encolhidos na parede, umas outras cinco pessoas, entre vivos e mortos, e o homem vivo que havia se mostrado o mais animado a explorar a atração, em pé. O que havia oferecido algo em troca para se deitar com Anna-Sena.

Eles estavam em um corredor ao lado do lugar por onde entraram. A porta para a entrada principal estava fechada. Protegidos pelo vão entre escada e paredes, os convidados jaziam sentados, quietos em sua maioria, alguns chorando para si. O eco de uma discussão ainda pairava no ar, na respiração profunda do homem de pé, na expressão corporal e facial de Prince e Hermann, que pareciam fazer a guarda do tal vivo de feições agressivas. Os dois se moveram ao verem os outros três se aproximando.

— Eu quero saber o que *ela* tem a dizer! — o homem bradou, apontando o dedo para Anna-Sena, que, pelo olhar dos demais, havia sido o motivo da briga.

— Eu disse para você sentar e calar a sua boca.

A seriedade na voz de Hermann alarmou as duas artistas e chocou Josh. Uma cor da personalidade do ex-piloto que ele jamais havia cogitado ver, e em um instante, ele pôde imaginar aquele mesmo jovem humorístico, compenetrado, atirando bombas das alturas.

Contrariado, o homem recuou, encostando a testa na parede, movimentando-se para um lado e para o outro, como se em um barco em alto-mar.

— O que houve? — a cantora cruzou os braços, enquanto seus amigos se juntavam a eles e formavam um semicírculo.

Eles sussurravam.

— Esse cara, Frank, ele é problema. — Prince começou. — Ele acha que a Anna é responsável por ninguém poder fugir. Já atiçou algumas pessoas que, por causa dele, covarde bocudo, saíram da casa. E bem, os gritos eu acho que vocês ouviram.

Anna e Josh entreolharam-se.

— E como tá a situação? O que, exatamente, tá acontecendo lá fora? —Josh olhou para o tal Frank, que os encarava com o canto dos olhos, como um crocodilo à espreita, a testa ainda apoiada na parede.

— Não sabemos muito — emendou Prince —, só que os Outros estão por *todo lado*, esperando a gente sair. Eu nunca vi tantos deles. *Nunca.* — sussurrou e levou o olhar para os convidados no chão, para Frank no canto da parede.

— Nenhum de nós tentou sair ainda? — Anna soou confusa.

Os outros três olharam-se.

— Anna, pensa — continuou Prince —, se fosse seguro andar lá fora, as gêmeas, Paco ou Li-Mei já teriam vindo ajudar. Gabriel desapareceu desde que foi atrás de Lisa e dela também não vimos rastros. E eu preciso dizer que temo o pior. A última vez que eu o vi, Gabriel disse que Sarah havia entrado no terreno e ele não a encontrou antes da sua música acabar, Anna.

— O que significa que nós temos um médium demais esse ano. — completou Aletha.

Os olhos da trupe cortaram Josh, como navalhas.

— *Eu*? — a voz saiu surpresa, baixa.

— O que vocês estão sussurrando aí? — Frank se pronunciou.

— Ele tem razão — o pai de Jane tomou a palavra com mais diplomacia —, nós entendemos que não há muito que possamos fazer, mas algo de muito perigoso está acontecendo lá fora.

— Nós olhamos pelas janelas. — A mãe de Jane disse, abraçando a filha a seu lado, protetora. — Há *coisas* lá fora olhando para as janelas, rodeando a casa, buscando um jeito de entrar. Nós ouvimos gritos! Pedidos de socorro!

Prince suspirou e retomou sua postura natural de liderança.

— É verdade — disse virando-se, calmo, compreensível. — Infelizmente, esse é um ano de surpresas desagradáveis. E mesmo com todas as precauções, nem sempre é possível prever o que vai acontecer. E hoje...

— Eu ouvi a iguana mexicana falando desse aí — disparou Frank, apontando para Josh. — A gente tá nessa situação por causa do macho vivo dessa vadia brasileira! — os olhos queimavam sobre Anna, à pouca luz.

— Agora chega! — bradou Hermann.

Sem chance de reagir, os presentes assistiram o piloto caminhar a passos largos para cima do homem, com a velocidade e determinação de um soldado. Ele puxou Frank pelo colarinho e afundou o punho em seu rosto. Os joelhos do outro dobraram-se, os demais convidados afastaram-se, olhos arregalados, bocas abertas, gritos. Frank tentou levantar, mas foi atingido do outro lado, antes que pudesse preparar um contra-ataque. E Hermann inclinou-se por cima dele, entregando um soco atrás do outro, em ganchos de esquerda e direita, atingindo a vítima em cheio.

Prince e Aletha correram para apartar.

— Me deixem fazer o que é preciso. — a pele clara do rosto de Hermann queimava na cor da lava, nos olhos, o reflexo do diabo.

Ele segurou Frank em uma chave de braço, o sangue do nariz do outro inundou suas roupas.

— Abram a porta! Se ele quer tanto ir embora, ele vai embora!

— Hermann, por favor... — a voz de Aletha saiu trêmula e soou sem causar efeitos no amigo.

As pernas de Frank escorregaram no chão, como se estivesse ensaboado. Nos olhos o pânico da certeza de que Hermann não estava brincando. Em vão, puxava os braços do outro para tentar livrar-se do gancho, porém sem sucesso. Preso como um peixe na rede.

Enquanto Frank lutava para não ser arrastado para a saída, para a surpresa geral, Josh passou pelos dois e abriu a porta, de uma só vez, revelando a noite e rostos inumados a pouca distância, com roupas balançando ao vento feroz cheirando à água.

As pessoas dentro da casa gritaram.

— Eu vou te jogar aos lobos, seu merda! — anunciou Hermann, em êxtase.

Frank patinava inútil pelo chão, arrastado pelo outro para fora, com incrível facilidade, enquanto Josh, agora com o apoio de Prince, o guardava próximo à saída.

No terreno, as criaturas encaravam a casa. De onde Josh estava, não pôde contá-las, mas eram muitas. Paradas, como estátuas, elas esperavam por suas presas, sem demonstrar qualquer agitação ou emoção.

Perto da casa, bem perto, o assento enferrujado da roda gigante gemia.

Os Outros estavam presos do outro lado do campo magnético da magia de Aletha, um simples desenho no chão, sujeito a desmanchar-se na água. O coração de Josh diminuiu, como se murchasse. O que eram eles? Olhou para o céu da noite sem estrelas, pesado das nuvens fartas, o vento gelado vir encontrar o rosto suado de ansiedade. *Vai chover.*

Gritos vieram rolando de pontos diferentes do parque. Pessoas que estiveram com ele dentro do circo não muitas horas atrás.

Espalhados pelo chão do terreno, estavam alguns corpos inanimados. Reconheceu um deles, caído próximo à entrada onde estava, era um que estava duas cadeiras a seu lado durante as apresentações. Seus olhos brancos olhavam para o nada, o corpo seco, como se sugado de todos os fluidos, jogado fora, como lixo.

— Por favor, cara... — a voz de Frank saiu imprensada.

— Por favor, o quê? Me dê um bom motivo pra eu não te jogar pra eles agora!

— Eu… sinto… muito…

— A moça não ouviu! — Hermann debochou.

— Foi um… mal entendido… Eu… sinto muito… Anna…

— Anna o quê? — perguntou Hermann, chacoalhando o homem em seus braços, como um boneco.

— Anna-Sena…

Já na porta, encarando os Outros, Hermann virou por cima dos ombros para encontrar os olhos frios da cantora. E girou o homem em sua direção.

— A decisão é sua, Anna. Se você quiser, ele vira ração. — Hermann sorriu, e a máscara de insanidade em seu rosto fez Josh recuar por instinto.

Encostados na parede, os convidados assistiam os passos da cantora, com horror nos olhos. Expectativa palpável. O vento preenchia a casa do cheiro metálico da tempestade iminente, de folhas mofadas e outras coisas mortas. Aletha levou a mão à boca, sem demonstrar qual era sua opinião sobre o caso. Joshua e Prince permaneciam parados perto da saída, eretos, como cães de guarda.

Anna-Sena andou até Hermann, correndo o olhar pelos outros antes de responder, pousando em Josh, por um momento.

Com o rosto já arroxeado de Frank virado para si, ela respondeu.

— Deixe ele viver. É mais tempo de horror que ele passa.

Em um só movimento, Hermann atirou o homem para dentro da casa e Josh fechou a porta, com um som seco. Prince passou a chave que trazia consigo e se afastou da entrada.

Frank tossiu, levando a mão ao pescoço. Rastejando-se até a parede.

Hermann pegou o rosto de Anna-Sena nas mãos ensanguentadas, os olhos brilhando de fúria. E levou sua testa à dela.

— Eu sei que você não precisa de proteção, mas você é minha *irmã*. — disse ele, entre os dentes, olhos nos olhos. — Ele não pode. Não *pode*.

— Eu sei. — ela sussurrou de volta, envolvendo as mãos dele com as suas. — Eu sei. — Então, abraçou-o e deu um beijo em seu rosto em brasa. — Obrigada.

— Agora vamos parar com isso — ele disse, se afastando dela e limpando o rosto, voltando a ser o jovem brincalhão que sem dúvidas preferia ser —, a gente não quer que nosso amigo Josh fique com ciúmes.

Josh sorriu para ele, e seguiu-o até o canto da parede onde estavam os demais, que fizeram lugar para Hermann e seus amigos, os quais não contrariariam mais.

Sentados agora no chão, todos próximos, menos Frank, eles descansavam as emoções para bolar um plano de como fugir. A ideia do carro era boa, mas o estacionamento era longe e a chuva se anunciava.

Assim que Prince abriu os lábios para acrescentar algo, foi impedido pelo som inconfundível da maçaneta se movendo. Seguido por batidas na porta.

Anna-Sena e Hermann se levantaram, trocando olhares em uma confabulação silenciosa sobre o que fazer. As batidas intensificaram, as pessoas dentro da casa encolhiam-se mais para próximo da parede. Uma voz masculina chamou.

— Anna!

A moça olhou para a porta, testa franzida do reconhecimento, ou quase. Sem certeza. Em silêncio, ela pediu a chave a Prince.

— Eu não vou aguentar muito tempo! Por favor, abre a porta! Está começando a chover!

Ela deu um passo em direção à porta, inquietando os demais, e fez um sinal com as mãos para que eles ficassem em silêncio e alerta.

Anna-Sena andou até Hermann, correndo o olhar pelos outros antes de responder, pousando em Josh, por um momento.

Mais batidas na porta, a moça Jane deixou escapar soluços. Relutante, Prince entregou a chave a ela, porém levantou-se e foi até metade do caminho.

Pé-ante-pé, Anna-Sena andou até a porta, encarando o homem ensanguentado, encostado contra a parede, olhando de volta para ela com olhos esbugalhados.

— Eu vou abrir a porta, Frank... — ela sorriu, a voz como um canto em tom malicioso. — Vamos dar um passeio lá fora? Só você e eu?

As batidas intensas a distraíram de seu sadismo. Ela andou e colocou a chave na fechadura.

— Quem é você?

— Anna, sou eu, Emmanuel! Abra, por favor!

Confusa, ela levou o olhar interrogativo aos outros, por cima dos ombros. Em um segundo, sua mente fez a conexão, e Anna-Sena abriu a porta de uma só vez.

O ventríloquo que animava o crânio Skullie, caiu de joelhos sobre o tapete.

CAPÍTULO 19

Prince se apressou para fechar a porta, Anna agachava até o homem enfraquecido. Ele verificou se o círculo de Aletha estava intacto e encarou uma vez os Outros ainda à espera e trancou-os de novo. Estavam seguros, por ora. Josh tremia, a adrenalina no momento refletindo em mãos trêmulas.

Emmanuel perdeu a força nas mãos e caiu. Prince e Anna-Sena o viraram de costas, enquanto ele se arqueava, arfando por ar. Hermann e Aletha aproximaram-se. Josh buscou acalmar as pessoas no local, dizendo que sabia quem ele era e que estava tudo bem e se aproximou, a curiosidade pulsando nas veias, competindo com a ansiedade.

O ventríloquo segurou a mão de Anna-Sena, com força o suficiente para machucá-la.

— Anna... — ele chamou, os olhos rolando nas órbitas.

— *Shi, shi, shi...* Respira. — ela disse, doce, olhou para Aletha, que se ajoelhava do outro lado e pegou a outra mão de Emmanuel, que mais parecia uma criança assustada que um homem em sofrimento.

Ele inspirou e tossiu algumas vezes, acalmando-se, voltando a respirar mais tranquilo.

— Anna... — ele sussurrou — na verdade, eu não sou um cachorro. — completou ele a revelação, que pela expressão em seu rosto deveria ser bombástica.

Aletha segurou o riso inesperado, tapando a boca com a mão livre e encarando Anna, cujos lábios também tremiam com a mesma reação.

— Oh, mas isso me surpreende. — Anna respondeu, tentando soar honesta e não rir.

— Foi o que pensei. — ele sussurrou de volta, e a cantora deixou escapar o som gutural de riso preso, mas ele não pareceu registrar sua reação.

Emmanuel apoiou-se nos cotovelos, e as duas o ajudaram a erguer-se e encostar-se contra a parede, onde ele poderia ser visto e ouvido por todos.

— O que aconteceu? Onde estão os outros? — a cantora trocou um olhar com Josh.

Sem soltar a mão dela, o ventríloquo respondeu.

— No circo, mas não todos. Gabriel, Scott e uma das gêmeas desapareceram. Eu corro menos riscos por causa de uma história longa demais pra contar agora. — ele fez uma pausa para recuperar o fôlego, correndo o olhar cansado pelos presentes. — Paco disse que vocês estavam aqui e eu vim assim que deu. Eu consegui localizar uma das ajudantes e isso é o que precisamos fazer. — com dificuldade, levou a mão ao bolso da calça, e puxou uma trouxa — Passar essa mistura em todos. Ela vai sugar um pouco da energia e vai ser mais fácil se esquivar e chegar na tenda.

— E isso é seguro? — o pai da moça Jane chamou de onde estava.

— Não. — Emmanuel respondeu, sem rodeios. — Mas é a sua única chance. Há uma tempestade se armando e quando ela molhar o círculo de proteção aqui em frente, eles vão entrar e aí não há escapatória. O circo é o único lugar com provisões e garantia de segurança.

— E o que a gente faz, então, Skullie? — perguntou Prince, prático, esperando instruções para começar a agir.

O homem sorriu ao ouvir o nome de seu boneco, atrás do qual Josh viu que escondia as dores de ter sido um dia Emmanuel.

— Você, Aletha e Hermann vão escoltar os convidados até o circo. Anna e eu — ele virou o olhar para o jovem diretor de cinema — vamos tirar Joshua Morris do terreno.

Um murmurinho subiu, o som de vozes de pessoas indignadas, perguntando aflitas porque só Josh teria a chance de deixar o local. Com vigor inesperado, a voz de Emmanuel se sobrepôs às demais.

— Se tem alguém que pode conseguir sair daqui com vida, esse alguém é ele.

— Mas eu posso ficar e ajudar. — Joshua se pronunciou, pela primeira vez. Não gostando da ideia de deixar o lugar. Não agora.

— Nós *precisamos* que você vá, Joshua Morris. — o ventríloquo falava sério.

— *Por quê?*

Com os olhos focados no nada e a voz, mesmo que amarga, não mais agressiva, Frank deu a única resposta correta.

— Porque você fortalece aquelas coisas lá fora. — ele olhou para Emmanuel. — Estou certo?

O silêncio pairou, na expressão de Emmanuel a confirmação da suspeita do outro, e os olhos de Anna encontraram os de Josh. Embaixo de seus pés, o chão deu lugar a um abismo.

— Vamos lá. — ela disse, levantando-se. Determinada. — Vamos tirar você daqui.

Sem mais palavras, o grupo foi preparado para a jornada até o circo, que significava andar metade do parque, escondendo-se dos Outros, com a energia reduzida, que os tornaria lentos em suas reações e movimentos.

Lá fora, o vento chacoalhava as árvores e balançava os assentos da roda gigante.

CAPÍTULO 20

O nó na garganta apertou. Josh não esperava que se despedir de pessoas que conhecera há tão pouco tempo fosse tão difícil. Mas era.

Por alguma razão que não sabia explicar, sentia-se ligado a eles de um jeito visceral, como se aquele breve encontro tivesse tatuado sua alma. Eles eram a prova de que os mundos que visitava eram reais — não devaneios, não delírios. Eram a confirmação de que os mistérios da vida tinham mais camadas do que a lógica permitia aceitar. E, mais importante: além da realidade humana, havia algo a mais.

Abraçou Hermann, Prince e Aletha, que lhe garantiram vê-lo no próximo ano. Despediu-se dos demais e pediu um momento a sós com Anna, atrás da escada, longe dos olhos de vivos, mortos e espelhos. Despedir-se dela foi como finalmente segurar algo precioso entre os dedos — apenas para vê-lo escorregar e se perder no instante seguinte.

Todos se encaminharam para a parte traseira da casa, passando por corredores espelhados e suas criaturas zombeteiras.

Próxima à porta de saída, a cópia do grupo apareceu em um dos espelhos, refletindo um quintal com uma única árvore reinando no centro. Atrás deles, uma porta jazia aberta com a luz acesa. O reflexo com o rosto de Josh arrastava uma cadeira para a réplica de Anna-Sena, colocando o móvel embaixo dos galhos, e entregando-lhe um cinto.

À beira das lágrimas, a cantora avançou contra o vidro, mas Prince se colocou entre ela e o espelho. Josh a convenceu a cobrir os olhos, enquanto, do outro lado, a imagem dela subia na cadeira e amarrava o cinto no próprio pescoço, encarando-os com um sorriso.

Lá fora, o vento da tempestade mencionada por Emmanuel levitava terra e folhas em pequenos moinhos na escuridão. Selvagens e ameaçadoras, as folhas das árvores chiavam a cada sopro, e seus galhos debruçavam-se, como braços vindo buscá-los. Poucas, porém grossas gotas de chuva espalhavam-se pelo solo, como uma sentença.

Dos *Outros*, ainda nenhum sinal.

Com um olhar, Aletha, Prince e Hermann despediram-se uma última vez e partiram para a esquerda, liderando o grupo pela escuridão da madrugada, na esperança de conseguirem chegar ao circo sem perdas pelo caminho.

Anna e Emmanuel lideraram Josh para o outro lado. O ventríloquo informara sobre a ajudante que os esperaria na floresta.

Lento pelo efeito da erva sugada por sua pele, Josh seguia os outros dois no caminho até a floresta, protegidos pelas sombras, precisando ainda atravessar o pátio aberto para chegar ao outro lado.

Passavam pelo lago artificial, as algas boiavam negras pela superfície instável, a roda gigante girava lenta, movida pela força do vento. Na margem úmida, as carcaças de pedalinhos em forma de cisne distinguiam-se. De súbito, uma mão segurou seu braço, e ele fez esforço para não reagir com um som. Anna levou o indicador aos lábios e gesticulou que se abaixasse atrás de um dos barcos. Agachados, os três observavam uma criatura dos Outros passando por eles, próxima à água. Ao longe, um grito trazido com a tempestade ecoou até eles, logo mais gritos seguiram. Anna buscou a mão dele e apertou-a, sem tirar os olhos da criatura que também percebera o movimento e parecia se apressar em sua direção aos berros. Os olhos de Anna-Sena nadavam em luto antecipado. Ela temia por sua família circense. E Josh também.

Emmanuel levantou-se e fez sinal para que o acompanhassem. Os três atravessaram o pátio até a cerca mais fácil de se escalar. Atrás deles, as golfadas violentas de ar haviam apagado grande parte das tochas, algumas lâmpadas sustentadas por geradores estavam estiradas no chão, fazendo companhia aos cadáveres, outras foram cortadas da eletricidade e tremulavam ao vento, como se com frio. Ou em frenesi. Breu. Somente o circo, cuja tenda vibrava na tempestade, brilhava nas trevas, como Estrela do Norte.

— Agatha! — Emmanuel sussurrou, assim que eles tocaram a cerca, olhando sobre os ombros, apreensivo. — Você nos vê?

De dentro da floresta, a silhueta de um longo vestido rodado e um capuz desprende-se das sombras. Anna encarou o ventríloquo, incerta.

— É ela. — Ele confirmou e ela relaxou.

— Manda ele para o lado de cá. — disse a mulher, sem rodeios ou apresentações, aproximando-se da cerca para vê-los e ser vista.

À pouca luz, Josh viu que se tratava de uma mulher alemã, em torno de seus quarenta anos, de feições endurecidas, com longos cabelos trançados, usando vestes medievais.

— Não me olhe assim tão assustado, rapaz, eu não sou a primeira e nem serei a última bruxa que verá. E, sim, eu estou morta. Agora, venha! Rápido. Eu sinto um grupo dos Outros se aproximando.

Josh olhou para Emmanuel, que garantiu ser seguro ir com ela. Por fim, o momento de dizer adeus para Anna-Sena; deram-se as mãos. Se ele pudesse fazer alguma coisa, qualquer coisa... Sim, ele podia: ir embora. Não era justo, mas era a realidade.

Ao longe, mais urros. Anna estremeceu. Ele precisava se apressar.

— Eu quero voltar e encontrar todos vocês bem. — ele disse, tentando encorajá-la.

A moça sorriu, triste, e acenou que sim, com a cabeça. Os olhos marejados cintilavam como os diamantes de uma caverna secreta que ele gostaria de ter explorado em outra ocasião. Josh sabia que a dor que ela carregava tinha outros motivos e não tinha nada a ver com não vê-lo outra vez, mas gostava de acreditar que havia tocado algo dentro dela, como ela nele.

— Beije a noiva e vamos embora, rapaz! — a bruxa sussurrou, apressada.

Ao levar os lábios aos de Anna, ele foi surpreendido por uma paixão maior do que havia esperado em tal situação, e apertou-a contra si, desejando poder ficar e passar três dias planejando como se tornar um ajudante vivo do circo e viver a experiência de estar com alguém que o queria de volta de maneira tão intensa. Pelo menos, uma vez por ano.

Emmanuel apertou sua mão e disse que ele até que não era tão mau, e desejou sorte.

Com um último olhar para Anna, ele se despediu e pulou a cerca.

Atrás dele, cantora e ventríloquo se apressavam para retornar ao circo; e o mundo do parque de diversões desapareceu. No lugar dele, a selva de palmeiras e árvores com folhas como minúsculas samambaias estendeu-se infinita sob um céu cinzento.

Josh permaneceu atrás de Agatha, assistindo à paisagem mudar a cada passo. Saindo da escuridão da floresta em Berlim para infiltrar-se em um pedaço de selva à beira de uma estrada de terra batida.

— Eu conheço esse lugar. — ele disse, afastando galhos finos pelo caminho, buscando na memória as aventuras de um Joshua de seis anos.

— Anca me contou sobre você ser um causador de problemas.

— Eu não escolhi nada disso. — resmungou, assim que eles pisaram na estrada.

Ela gesticulou para que ele se calasse, esticando o pescoço como quem busca um som ao longe.

— Melhor nos apressarmos. Está vendo aquela montanha lá em cima?

— Atrás da igreja?

— Isso. É para lá que vamos e quando chegarmos lá, eu vou te enviar para casa.

Joshua examinou a colina atrás de uma igreja que ele vira há uns vinte anos, quando criança, aquela esfera fez parte de suas brincadeiras... Criatividade infantil era o nome que os adultos davam para as *imagens* e recusavam-se a ouvir a súplica em sua pequena voz de menino, tentando convencê-los da qualidade estranha de suas visões. Em vão. Adultos nunca escutam.

Uma vez, aos seis anos, brincando no jardim, em meio às folhas mortas das árvores de outono, no afastado chalé de seus avós, Josh se perdeu ao seguir uma menina de sua idade, de pele oliva, usando a camisola branca de um outro tempo, e trazendo na altura da orelha direita, uma flor laranja de pétalas pontiagudas, como asas, lembrando bicho que voa livre.

Ela segurava a mão de uma jovem mulher, que ao contrário dela, jamais o encarava.

Elas eram o espelho uma da outra, a infância de mãos dadas com seu futuro. As saias de ambas arrastavam por grama e terra, exibindo uma mancha amarronzada até as canelas, como se estivessem vagando pela lama por dias. Ele as seguiu, sentindo o coração bater no peito, ligeiro, aflito, como as asas de um pássaro selvagem desesperado por liberdade. Mergulhando na grossa névoa que vinha do lago próximo à floresta, pé-ante-pé, ele as seguia, recebendo o olhar triste e apreensivo da menina segurando a mão da jovem, cujo rosto ele não vira. E continuou atrás delas, pisando através do nevoeiro, encontrando-se em uma estrada de chão batido com árvores cercando-a, tão diferentes das que ele conhecia na Inglaterra, altas com folhas como minúsculas samambaias. As outras ele conhecia, nas últimas férias para a Grécia, seu pai havia dito que elas se chamavam palmeiras.

Palmeiras e as tais árvores altas com as folhas feitas de minúsculas samambaias e muito mais verdes do que poderiam ser sob um céu cinza, naquele gelo úmido.

Vagarosamente, as duas caminhavam pela estrada e Josh temeu olhar sobre os ombros e descobrir que a casa de seus avós não estava mais lá. Hesitante, porém dominado pela curiosidade e inocência infantil, ele acompanhou as duas em seu caminho, incomodado, ainda que inconscientemente, com o silêncio e a ausência de qualquer tipo de vida.

Nenhum bicho de floresta. Nem um inseto. Somente o silêncio.

Os olhos da menina o encontraram outra vez, implorando-o para retornar de onde viera. A mulher seguia em seu transe.

Na primeira esquina, ele avistou uma pequena construção em ruínas, como a estação de um guarda que jamais retornara a seu posto. O branco da tinta na parede áspera estava descascado, o teto em triângulo quebrado em uma das laterais.

Ele se aproximou, ávido para entrar pelo buraco da janela ausente e examinar o que tinha dentro. Contudo, algo o impedira, como uma parede invisível crescendo em seu peito, impedindo-o de dar mais um passo em direção à construção, ali abandonada e semidestruída, reinando sozinha na esquina da estrada de terra. Ele não soube o que tal sensação representava aos seis anos, porém, décadas mais tarde, ele ainda sentia a energia do lugar pesando sobre sua alma, repelindo-o. E seu instinto segurando-o onde estava, ecoando a presença do perigo dentro dele.

O menino Josh seguiu a garotinha e sua companheira, que se dirigiam para uma igreja branca, de longas torres pontiagudas ao fim da estrada, emoldurada por montanhas de mais árvores de cores veranistas imersas em névoa. Em seu interior de portas abertas, havia um minúsculo foco de luz avermelhado, como um pedaço de carvão aceso pairando no ar, ou a ponta de um charuto.

Por um segundo, o mundo pareceu prender o fôlego, e o gongo de sinos graves e lentos foi carregado pelo ar pesado, fazendo-lhe doer os ouvidos. E o menino sentiu a força do medo vir buscá-lo como gigantescas mãos voláteis de sombras negras.

Atônito, ele permaneceu parado onde estava, sentindo o gelo molhado do lugar encontrar seus poros e invadi-los, congelando-o por dentro. Petrificando-o.

A mulher parou de súbito, buscando pelo som, como a ave de rapina percebendo a presença da presa escondida nos arbustos. E girou vagarosa em sua direção.

A garotinha, encarando-o às lágrimas, gritou para ele fugir e ele obedeceu após um momento de hesitação confusa. A voz da menina desmanchou-se. Ela gritava ainda? Joshua não sabia, tudo o que o preocupava agora era encontrar o caminho de volta. Tudo o que ele queria saber era quando veria sua mãe. Os instintos do menino alarmaram, cientes da seriedade de sua situação; caiu em lágrimas enquanto corria.

Um som gutural e animalesco cortou o ar, sobrepondo-se aos sinos, e a sensação de que as árvores acordavam para a vida quase o paralisou onde estava. Em uma pequena voz, fina demais para alcançar até mesmo os próprios ouvidos, ele bradou: *Mãe, me ajuda! Mãe!*

Por um segundo, o mundo pareceu prender o fôlego, e o gongo de sinos graves e lentos foi carregado pelo ar pesado, fazendo-lhe doer os ouvidos. E o menino sentiu a força do medo vir buscá-lo como gigantescas mãos voláteis de sombras negras.

Mais uma vez, o urro inumano veio buscá-lo, fazendo-o perder o equilíbrio e cair. Seja lá o que fosse, produzia palavras ininteligíveis que pareciam repetidas pelas folhas como minúsculas samambaias, espalhando-se pelos arredores, como o canto de cigarras.

Ela estava atrás dele, ele tinha certeza. Eram passos os sons de algo tocando o chão de terra, não eram? Passos, apressados como os dele, que seriam logo seguidos de um abraço mortal, quando ela o alcançasse, ali jogado e ainda mais indefeso. E então, o que ela faria? O levaria consigo? Mastigaria suas pequenas pernas, com ele ainda vivo?

O barulho de algo riscando o chão, talvez um galho? Não. Eram passos! Ele sabia. Arranhando nas pedrinhas pelo caminho, cada vez mais rápido. Cada vez mais perto.

Joshua levantou, sem coragem de olhar para trás. Sem saber o que aconteceria com ele se visse o rosto da mulher. Será que ela era humana?

Por fim, chegou na curva com a casinha abandonada. A escuridão que partia dela pareceu pulsar e refletir o canto de mil insetos carregados com a brisa ainda mais forte, mesclando-se aos sinos, avisos de uma igreja solitária, aos pés de uma montanha feita de selva.

Sem pensar, ele fechou os olhos e seguiu seu caminho. Um segundo mais tarde, Josh estava correndo para dentro do jardim de seus avós, encontrando-os preocupados e aliviados ao vê-lo.

Ele contou o que viu, fazendo o avô rir após acalmá-lo e certificar-se de que não havia nada de errado com ele. O homem elogiou, então, sua capacidade imaginativa, e alertou-o para não se distanciar do chalé novamente.

Já sua avó trazia um outro brilho no olhar, um de reconhecimento. Uma memória enterrada em seu subconsciente. Eles jamais conversaram sobre o acontecido, mas até hoje, a avó perguntava sobre os mundos que inventava quando menino. Ela acreditava mais no considerado impossível do que gostaria de admitir, Josh sabia. *Sentia*. Mas desistira de perguntar, e carregava sozinho o peso de ver e ouvir o que outros não viam.

Sua respiração estava fraca agora, parado ali, os pés plantados em um déjà vu. A imagem da ponta do charuto inflando em sua memória. A ponta do charuto aceso, luz alaranjada contra as paredes cinzas do Berghain...

Eles me trouxeram aqui.

Não quis mais andar, não sabia mais como.

— Esse é o mundo deles, não é? Dos Outros?

A bruxa respondeu puxando o braço dele, para que se apressasse. Josh obedeceu.

— Não exatamente. Esse é um lugar de transição, mas eles andam por aqui. Sim.

A passos apressados, e quase corridos, eles andavam pela estrada estreita de terra, com tanto vigor que câimbras se alastravam pelas panturrilhas de Josh, sem que ele pudesse se dar ao luxo de parar para descansar. O lugar estava deserto, mas não livre de perigos, Agatha havia deixado isso muito claro. O silêncio pendurado no ar era do tipo que precede o temporal, carregando ameaça. Ao passar pela mesma casinha abandonada que havia visto há tantos anos, o choque o congelou e ele hesitou, com súbita desconfiança quando a bruxa o puxou para dentro dela.

Sua mente foi à Anca e Emmanuel, imaginando que ambos haviam montado uma emboscada para se livrar dele e por isso ele precisava seguir aquela criatura desconhecida por um lugar de onde jamais sairia sozinho. Porém, ao entrar no pequeno prédio úmido cheirando a mofo, ela sentou-o no chão, e cobriu a boca dele com uma mão; com a outra, sinalizou que ficasse quieto. Passos e urros saídos da selva rolaram até seus ouvidos.

Imersa nas sombras do casebre, ela sussurrou. — Eles estão procurando você. As ervas no seu corpo não vão te proteger por muito tempo.

Agatha levantou e acenou para ele segui-la. Os urros haviam silenciado. Cautelosos, saíram do pequeno posto e continuaram sua jornada. Agatha liderava-os às margens da selva, para escondê-los entre as árvores se necessário.

Pouco mais à frente, Josh viu a igreja colonial de outrora e a certeza, tanto de reconhecimento quanto da suspeita, desceu amarga e fria por corpo e alma.

— Há dois deles do outro lado. — ela sussurrou. — Como você sabe? — Eu sei de coisas, por isso me chamaram para escoltá-lo até seu destino. Decida se você confia em mim ou não, eu vou sair daqui com você, vivo ou morto. A escolha é sua.

Mesmo inseguro, ele preferiu acreditar que, embora Anca o tivesse considerado perigoso, a vidente não teria tido coragem de destruí-lo assim, de forma tão cruel e traiçoeira.

— Nós vamos passar por dentro da igreja. Há uma saída lateral que dá direto no pé da montanha.

Ele não respondeu e continuou em seu caminho, carregando cascalho e folhas, deixando o ar de frio úmido e hálito de ranço lhe machucarem a garganta.

Ao se aproximarem da igreja, Agatha foi na frente e abriu a porta. Josh a seguiu para dentro do prédio.

A construção alta, gótica, mergulhada em sombras estava vazia. Os bancos de madeira empoeirados e antigos apresentavam um belo esconderijo para qualquer criatura, Josh pensou, andando arrastado, apreensivo sobre o chão surrado.

Próximo ao altar, estava o confessionário, desocupado, silencioso.

Agatha apressou-se para a saída lateral, acenando para que ele corresse. Josh obedeceu, embora suas pernas se recusassem a andar mais rápido, um horror antigo rastejando por seus ossos, indo abraçá-lo e prendê-lo onde estava.

Ele parou ao lado dela, a bruxa com a mão na maçaneta. — Pronto?

Ele acenou que sim e ela abriu a porta. Ao correr, um urro gutural cortou os céus, seguido pelos sinos da igreja. Agatha puxou-o pelo braço, forçando-o a correr mais rápido. Joshua olhou para trás e reconheceu a menininha que um dia havia tentado ajudá-lo, lá atrás, há vinte anos, trajando sua camisola de um outro tempo, com a flor alaranjada no cabelo escuro, mas sem boca. Ela corria em sua direção ao lado da mulher seu espelho, cujo rosto ele via agora e preferia não tê-lo feito.

A criatura correndo ao lado da garota tinha o rosto alongado, como se alguém tivesse tentado esticar pele humana pelo crânio de um pássaro descomunal. Os olhos gigantescos brilhavam negros sob o dia nublado e ela rugia ao persegui-los.

Atrás delas, um homem em terno preto juntava-se à caça. Os sinos da igreja aceleraram o compasso.

Com dores nas pernas e no canto da costela, Josh seguiu Agatha para a colina, sentindo a proximidade de seus algozes e a certeza de que não sairia dali vivo.

A subida lhe fez arder as juntas e ele quase desistiu, quando a mão da bruxa puxou-o colina acima.

Ao se aproximarem de uma plataforma natural quase ao topo da montanha, a bruxa puxou-o para o abismo.

Josh parou onde estava, mas ela insistiu. — É o único jeito, rapaz!

Ele olhou para o penhasco à frente. Atrás dele, os urros cruzavam a esquina. Como que anestesiado, deixou-se puxar.

Agatha o virou para si e fez algum símbolo na testa dele com o dedo. — Não volte mais aqui, Joshua Morris.

E a última coisa que ele viu antes de ser empurrado montanha abaixo, foi a ponta alaranjada de um charuto se aproximando.

CAPÍTULO 21

Joshua abriu os olhos com dificuldade, as pálpebras colavam. Ao se orientar, viu que se encontrava em um ambiente branco e estéril, engolfado nas sombras de um dia nublado que adentravam por finas cortinas.

Sentou-se. A cabeça girou e uma náusea inesperada o obrigou a desacelerar. O braço esquerdo estava enfiado em um gesso.

Quando eu quebrei o meu braço? E como?

A seu redor, flores coloridas amontoadas em uma pequena mesa simples exalavam pelo ar o aroma adocicado dos mausoléus.

Piscou. Os olhos doíam. Apertou-os. Doeram mais.

O quarto de hospital estava vazio, na cama a seu lado não havia outro paciente. Silêncio absoluto, somente as vozes em seu inconsciente pareciam sussurrar. Tentou se levantar, mas os ossos objetaram. A cabeça parecia pesar o triplo do que de costume. Na mesinha de cabeceira à sua direita, estava seu celular, carregando, com uma rachadura na tela, mas ativo. Pegou o objeto.

O *display* mostrava 2 de novembro.

Com dificuldade, conseguiu levantar-se, pesado. Trêmulo, entre gemidos de dor, apoiou-se no estreito leito e olhou ao redor, perguntando-se como foi parar ali.

O que aconteceu?

Caminhou até a janela, apoiando o braço machucado com a mão boa, e empurrou a cortina. O dia estava fosco, o vento forte; as folhas secas nas calçadas rodopiavam violentas, engatilhando memórias que não conseguiam chegar até seu consciente.

O que se passara, fosse o que fosse, estava desfocado dentro dele.

Josh forçou as lembranças. Era como escanear o cérebro sem saber o que procurava. Um calor intenso se alastrou por costas e peito: estava prestes a encontrar a porta que protegia o segredo, o tesouro. A sensação era morna, como o conforto de uma lembrança da infância que vem acompanhada de amparo e pertença. Acoplada a um tempo onde sonhos eram a promessa de um futuro e não a ideia amarga de algo que não se concretizou.

Queria se lembrar. Vagando por sua mente estavam imagens confusas, de um sonho, talvez.

O pesadelo de uma fuga, de sangue, medo, da queda que sofrera dos trilhos de uma montanha-russa... e do belo rosto pintado daquela com quem conversaria, por anos a fio, sobre filmes antigos e os grandes sucessos da *Motown Records*.

CAPÍTULO 22

As gravações foram adiadas por causa do acidente. Houve complicações com o seguro, e o fato de Josh não se lembrar de como caíra de uma montanha-russa não ajudou.

Seus pais passaram uma semana a mais com ele após sua alta no hospital e retornaram para Londres, levando do filho a promessa de que os visitaria no Natal.

Sozinho em seu apartamento, sem as gravações para ocupar a cabeça, Josh passou os dias assistindo filmes antigos e tentando se lembrar do que acontecera. Recebera a visita de uma psicóloga no hospital e, embora tenha se mostrado cooperativo, nada do que se passara retornou à superfície.

No dia de remover o gesso, ele aceitou a carona de Mason e sua companhia.

— Ah! — Josh celebrou, saindo da clínica livre do empecilho. — Leve como uma pluma.

— Talvez você devesse malhar mais, então — o amigo esperava sozinho na sala de espera. — E agora? O que a donzela quer fazer?

Josh cruzou os braços, pensou por um momento, movendo o braço para curtir a liberdade recém-conquistada.

— Assistir filme e pedir comida?

— De jeito nenhum! — Mason levantou. — O dia tá bonito, a gente vai dar uma volta no parque e sentar em um restaurante para comer, como gente civilizada.

Até que não soava assim tão mal.

Na descida das escadas do prédio, ao sair da clínica, Josh parou e apertou o braço recém-liberto do gesso, contraindo corpo e rosto.

— O que foi, cara? Vamos voltar, deixa o médico ver isso.

Josh negou com a cabeça.

— É a minha pele, não o osso — ele levantou a jaqueta e o suéter para examinar a área, expondo uma tatuagem.

— Desde quando você tem isso?

Josh encarou os riscos, uma mandala.

— Eu não sei. — O desenho fisgou, ele puxou o ar pelos dentes e sentou em um degrau. — Mas tá ardendo.

— Tem certeza que não quer que eu chame alguém?

— Não — mas o rosto ainda era uma máscara de dor.

Levou o dedo ao desenho da mandala brotando de sua pele e segurou a cabeça, como quem tenta amparar mais dor, levou a testa aos joelhos, efeito de uma tonteira súbita e violenta.

— Cara, você tá me deixando nervoso! Eu vou buscar alguém.

Mason deu dois passos, mas a mão do outro segurou sua calça. Josh levantou os olhos para o amigo, com o rosto queimando; sussurrou.

— Eu preciso ir pra casa. Eu lembro do que aconteceu.

No caminho para casa, Joshua permaneceu calado. A tatuagem em seu antebraço não queimava mais, mas estava lá: clara e misteriosa. Mason olhou para ele do volante, algumas vezes, mas desistira de perguntar o que aconteceu.

Em casa, Josh pediu um momento para organizar os pensamentos e eles pediram o almoço via aplicativo.

As imagens clareavam em sua memória, como se alguém abrisse a cortina. Era verdade, ele sabia. Mas como se conta uma história tão absurda e espera ser levado a sério?

Mason mexia no telefone, sentado à mesa, dedão arrastando na tela. O aroma da comida asiática ainda pairava no ar, não mais tão atraente como quando chegara.

— Mase?

O amigo pousou o celular no móvel.

— Tá pronto?

Josh não tinha certeza, mas apelou para o lado supersticioso do amigo e contou sua história, em detalhes.

Ao chegar no final, Josh levantou e foi até a janela, deixando Mason sozinho com seus pensamentos, para digerir.

— E você tem certeza que não houve danos no seu cérebro na queda? — Mason soou sincero.

Joshua virou para ele, cansado.

— Eu só te contei isso porque eu pensei que você não fosse me julgar.

— Eu não tô julgando, é uma pergunta honesta.

— Tenho. — Josh suspirou. — Por um milagre, eu não sofri qualquer dano no cérebro.

Mason deixou escapar um longo assovio.

— Bem a tua cara mesmo se engraçar com uma mulher morta!

O riso espontâneo e alto consagrou a história.

Joshua sentou no sofá, encarando o outro.

— Mas você tá aqui. Salvo. Ficou tudo bem. Mais história pra um novo filme.

Mason celebrou, mas o olhar de Josh não deixava margens para desconversas; ele abaixou a cabeça, vencido.

— E você quer saber o que aconteceu com eles. Não é?

— Bingo. — Josh piscou e apontou o indicador, como se atirasse com uma arma. — E agora, é o momento de saber se aquele convite para o Brasil continua de pé.

Mason quis contestar, mas sabia ser inútil e logo enviou uma mensagem para a produção e outra para sua amiga Fernanda, no Rio de Janeiro.

Poucas horas mais tarde, enquanto eles assistiam a um filme por falta de jeito de como conversar sobre o assunto, as respostas chegaram.

— Faça suas malas, Sr. Morris. — o sorriso era triunfante. — Lá vamos nós para o Rio!

Em celebração, Joshua abraçou-o. O coração mais uma vez no ritmo do baixo do techno. Uma chance de descobrir se eles estavam bem. Se *ela* estava bem.

— Obrigado por me levar a sério.

— É bom pra essa Anna-Sena que ela seja bem gata mesmo, senão...

Josh riu.

— Ela é.

— Então, vamos lá. Vamos encontrar a sua namorada morta.

Josh buscou afastar as lembranças indesejáveis, como sobre os riscos do ano em que se encontravam. Ele não sabia o que era, mas a maneira como a trupe o enxotara do parque durante as festividades dos mortos era um indicativo da seriedade da situação.

Muito menos ainda queria pensar na criatura de pele de couro e chapéu panamá correndo em sua direção, logo antes de uma bruxa medieval empurrá-lo do topo de uma montanha para dentro de uma outra esfera.

CAPÍTULO 23

No avião, o coração de Joshua diminuiu de tamanho ao ouvir o anúncio do pouso. Lá embaixo, as montanhas cobertas de selva cresciam à sua vista, e a imagem gigantesca de Jesus Cristo os dava as boas-vindas, de braços abertos.

Eles foram recebidos por membros da equipe de produção, em um dia de verão úmido, de calor quase intolerável, ou o "bafo do capeta", como ele ouvira alguns nativos denominarem a temperatura. A aclimatização foi rápida, porém, e as belezas dos cartões postais da cidade e alguns menos conhecidos por turistas de praia, como os magníficos Parque Lage e Jardim Botânico, foram o suficiente para tolerar o calor. Ao que parecia, tudo valia para estar imerso na magia que pairava sobre a Cidade Maravilhosa. Josh executou seu trabalho com excelência.

Estando em gravações, ligava o modo profissional e sua grande criatividade e conhecimento técnico agradaram os produtores. Porém, nas noites, tudo no que ele pensava era na visita ao terreiro de Umbanda, organizado pela amiga de Mason, onde iria falar com guias espirituais. O amigo lhe dissera que talvez pudessem ajudá-lo.

Ele chegou a perguntar às pessoas sobre a Ditadura no país e teve vontade de pesquisar sobre o assunto e confirmar se havia existido uma Ana Helena Azevedo Sena entre os torturados da época, mas lhe faltou a coragem. Pois o que faria se encontrasse uma foto de seu rosto sem a maquiagem de Catrina? O que aconteceria com ele ao ver quem ela havia sido, e deixado de ser, uma década antes de ele nascer? O medo de sentir algum tipo de repulsa o impediu de seguir com as investigações e se concentrar no fato de saber o que acontecera com ela depois do episódio no último Halloween.

No dia de sua viagem para ir fazer o que, de fato, cruzara um oceano para fazer, Josh dormiu mal. Em vários momentos, pegou-se buscando explicações lógicas para suas memórias, temendo não serem reais e ser sujeito à decepção. No entanto, um olhar em seu antebraço garantia a ele a realidade de sua história fantástica.

Fernanda foi buscá-los. Uma moça sorridente, de longos cachos cheios, que o lembrava Aletha. Ela os tinha convidado para passar uns dias na chácara de sua família, na "Costa Verde", como chamava. Durante sua estadia lá, eles iriam a uma Gira para Josh fazer sua consulta. Fernanda se mostrou curiosa, sendo, porém, respeitosa ao não perguntar muito a fundo sobre o que interessava a um jovem inglês o que os guias da Umbanda tinham a dizer. Mas ele fez questão de dizer que tinha razões para acreditar na sua mediunidade e alguns eventos em sua vida precisavam de clareza; e que Mason havia falado tanto e tão bem de sua experiência, que ele achou uma boa ideia buscar respostas para si em algum lugar onde seria levado a sério.

A moça aceitou a explicação, mas pelos olhares que ela lhe lançava pelo retrovisor, ele soube que ela suspeitava de mais.

Com Fernanda e Mason engajados em uma conversa, Joshua tirou o momento para apreciar a vista da estrada mais bonita que já vira. Cercada pelo mar e pelas montanhas cobertas por selva, esticando-se pelo infinito, levando-o em um caminho sem volta.

O chalé preparado para eles fez Josh desejar nunca mais ir embora. Rodeado por palmeiras, a casa fincada em um pedaço de selva só trazia a seus ouvidos os sons da natureza. Atrás do quintal, havia uma nascente, cujo som tranquilizador de água corrente o acalmava sem qualquer esforço. No início da noite, Fernanda disse que viria buscá-los para participar da Gira.

E para ele, as horas arrastaram-se vagarosas até lá.

Ao cair da noite, quando o sol escorregava preguiçoso por detrás das montanhas verdes, e as vozes da selva entoavam em seus ouvidos, Josh seguiu Fernanda vestida toda de branco com um turbante na cabeça, por um caminho de grama bem cortada e lâmpadas embutidas, elegantes.

A brisa carregava o perfume da mata e a melodia de cigarras e grilos vinha embalá-lo em um transe. O templo, em si, uma construção espaçosa, como uma garagem, estava iluminado por velas, decorado com estátuas das mais diversas entidades, cheirando a ervas defumando.

Mais pessoas chegavam, algumas vestidas de branco, pertencentes ao templo, outras eram só visitantes, como ele e Mason.

Eles entraram, Fernanda foi cumprimentar seus amigos, enquanto Mason e Josh buscavam lugares fora do local onde o trabalho era feito, para ele uma espécie de palco ou pista de dança, um lugar reservado para os médiuns trazerem à Terra os seus guias. Ele sentou-se em uma cadeira, as mãos suadas indicavam mais que calor. Recebeu um olhar tranquilizador do amigo a seu lado.

No centro dos acontecimentos, o atabaque soou. As pessoas vestidas de branco, em pé e em reverência, cantavam a canção para chamar a dona da noite, enquanto uma mulher usando um vestido rodado de saia lilás de cetim e capuz preto reluzente, entrava no meio da roda. Iluminada pelas velas dançantes, ela girou ao redor de si, embalada pelo cântico dos presentes.

"Sacode o pó, que chegou Rosa Caveira
Pombo Gira da Calunga vem levantando poeira.
Suas mandingas são cercadas de mistério,
Saravá Pomba Gira que vem lá do cemitério"

Eles cantavam o trecho mais de uma vez. E gritaram ao fim:

— Salve Rosa Caveira! Laroyê Pombagira! Pombagira mojubá!

A mulher parou e estremeceu o corpo, gingando para frente e para trás, seu rosto mudando de expressão, e Joshua inclinou-se para frente para ver melhor.

— O que foi, cara? — sussurrou Mason.

Mas ele estava preocupado demais prestando atenção na segunda mulher que chegava, com o rosto de uma caveira e parou atrás da mulher de vestido lilás, etérea, ela fazia movimentos, repetidos então, por sua médium em carne e osso.

A mulher caiu no chão, arqueou o corpo para trás e gargalhou alto. Um som como se vindo de uma outra esfera, ecoando pelos mundos e vindo arrepiá-lo nesse.

Quando os médiuns abriram o espaço para consultas, Josh disparou até a mulher, que agora tinha em uma mão, uma cigarrilha e na outra, uma taça de cidra entregue a ela, em grande reverência por um médium vestido de branco.

Fernanda se apressou atrás dele para fazer a tradução, como combinado, ajoelhando-se a seu lado, de frente para a médium e reverenciando a entidade, pedindo permissão para traduzir a conversa, pois o moço não falava português.

A mulher levantou a mão em direção a ela.

— Não se preocupa, não, menina. Ele é clarividente. Olha só pra ele. Segue o olhar dele onde tá, ele me vê.

Fernanda seguiu o olhar de Josh, que encarava o espaço, para ela, vazio atrás da médium. A mulher riu e ele viu a entidade rir atrás dela.

— Ele me vê e me entende. E eu entendo ele, porque aqui não há limitações de idiomas, nessas nossas esferas sem os aprisionamentos da carne, eu falo o que eu falo e ele vai saber. Pode ir, menina. Eu sei o que ele quer.

Josh olhou para Fernanda, o olhar fervendo, implorando para ser deixado a sós com a mulher.

— Ela gesticulou agora que vai se fazer entender. Eu vou entender, Fernanda. Eu quero falar com ela. Por favor.

Boquiaberta e sem esconder seu assombro, a jovem levantou assegurando estar por perto, se ele precisasse dela.

As mulheres riram de novo, a de carne e osso e a outra, atrás dela, com quem ele falava.

— É o meu rosto que te incomoda, não é? É que eu sou uma caveira, igual àquela moça sua, é isso? Não sou ela, mas isso você sabe.

— Ela é como a senhora?

— Não. Mas tinha uma de nós olhando por ela quando era viva. Uma igual a mim. A afinidade dela pela aparência que ela carrega agora vem daí; acha que usa a cara só porque acha bonito, mas usa porque ela tinha uma Rosa Caveira. Ela poderia ser uma de nós, mas não quer.

— Eu não preciso dizer porque eu vim aqui, preciso? — ele lançou, apressado.

— Não. Mas a resposta que eu tenho pra te dar não vai te agradar.

— Eu vou ficar satisfeito com qualquer resposta, senhora. Desde que faça sentido.

Ela riu.

— Mas não vai mesmo! Primeiro, porque eu não posso te dizer o que aconteceu com os seus amigos, moço. Eu tenho como descobrir, mas eu não sei. E vai demorar, as coisas por aqui nem sempre andam tão rápido quanto os mortais gostariam. E, sim, eu sei quem ela é. A maioria de nós sabe o que o circo faz e conhece os membros.

— Então, a senhora não pode me dizer onde eles estão?

— Ainda não. E mesmo se eu soubesse eu não te diria! Tudo em você cheira a problema, moço bonito. — ela riu.

Joshua bufou.

— Eu atravessei um oceano inteiro pra isso?

— Não, você atravessou um oceano inteiro pra eu te dizer que o que você viu é real, em alguma realidade. E é.

— E agora? O que tem isso tudo? Por que eu dava força àquelas coisas? Aos Outros?

— Porque você consegue tornar matéria o que não é. Se você trabalhasse aqui e se desenvolvesse, eu poderia logo, logo te dar um abraço. Algo na voz dela soou como zombaria, ou talvez ele só estivesse mordido pela falta de clareza. Pela ausência da resposta pela qual tanto ansiava.

— Por isso ele me levou pra lá? Aquele que eu vi me seguir antes de eu cair da montanha.

— Exatamente.

— Mas por que eu?

— Duas coisas: uma, porque você é perigoso. Outra, porque você estava no lugar errado, na hora errada e nunca foi orientado a lidar com essa sua habilidade de forma correta. Aí, ele foi lá se colou na sua energia, te guiando a fazer o que fez.

— Eu sou perigoso? — ele riu. — Por quê?

Ela fez um gesto de indiferença.

— Se eu posso tornar matéria o que não é e encontro um caminho pro seu mundo, eu posso fazer isso lá? Tocar coisas, eu quero dizer?

— Aí, tá vendo, moço bonito? Você é perigoso. Por isso essa tatuagem sua aí foi feita ao contrário. — ela apontou para o antebraço de Josh, mostrando a mandala feita por Li-Mei. — Era pra você esquecer deles, ao invés de lembrar.

As sobrancelhas de Josh arquearam com a decepção traga pela informação. Ele olhou para o braço.

— Pois é. — ela continuou. — E alguém já te disse isso, mas eu vou dizer de novo: o futuro é feito das coisas que a gente decide por aqui. É uma coleção de pensamentos e energia, que cria o mundo mais à frente. Magia não tem dono, moço, não tem Bem nem Mal, ela vai onde é chamada e o que acontece é responsabilidade de quem a manipula. Você fique bem quieto no seu canto e espere a oportunidade chegar a você pra ir ver seus amigos, se eles estiverem bem. Na próxima festa, quando for mais seguro.

— E eu não faço nada esse tempo todo? — ele não ocultou sua indignação.

— Exatamente.

— Sem condições! A senhora não disse que pode descobrir o que aconteceu?

— Disse, e disse também que leva tempo, que eu não posso dizer quanto é, porque eu não sei. Paciência não é uma virtude da juventude, mas nesse caso, é necessário. Eu tenho certeza que eles te falaram sobre as condições deste ano.

— Um ano depois de quatro. — murmurou mais para si que para ela.

— E eu ainda preciso dizer mais?

— Eu vou voltar pra casa sem respostas, é isso?

— O que você achou que isso seria? Uma sessão com uma enciclopédia?

Contrariado, ele cruzou os braços, dando tempo da médium tragar sua cigarrilha e beber um gole de cidra, enquanto a entidade atrás dela recebia a energia de bebida e fumo. E o encarou de novo.

— Eu vou dizer mais uma coisa a você, moço bonito, e aí você vai embora e retorna de onde veio. — ela colocou a taça no chão e apontou o dedo para ele. — Às vezes, a gente perde. Na vida, se perde muito, e é assim que é. Esteja satisfeito de ter sido salvo a tempo e não ter participado, sem querer, de algo pior. Que tem uma força dentro de você em busca de algo maior, eu vejo e nem digo que é errado você ir ajudar o povo do circo que, embora Fora da Lei, têm feito um trabalho de luz. Mas eu digo pra aceitar ajuda de vez em quando e não ser tão impulsivo. Há um futuro no seu caminho que vai colocar mais coisas em risco do que você imagina e eu estou te avisando para evitar esse futuro. Você veio aqui e abriu uma porta muito poderosa da sua conexão com os mundos aqui atrás, e isso é ruim, na sua posição. Esse futuro do qual eu falo, ele tem a ver com você indo buscar ajuda com criaturas que não têm a mínima intenção de ajudar. E quando esse momento chegar, não faça. Seus sonhos vão retornar e essa é a força da sua sombra dando ouvidos para Encantados de má fé. Não comunique em sonhos, e não aceite a oferta, ela é uma cilada.

Joshua olhou para o espectro atrás da médium, encarando-o séria e até preocupada.

— Obrigado, senhora Rosa Caveira. Eu vou respeitar. Ela riu alto e ele não conseguiu decifrar se de alegria ou deboche.

Mais tarde, após a Gira e após se despedir de Mason — que preferiu ficar bebendo com Fernanda na varanda — em seu sono conturbado, uma mulher com vestidos, como a bruxa que o salvara, sussurrou um plano de como ajudá-lo a encontrar seus amigos ainda naquele ano.

Antes de voar de volta para Berlim, ele já tinha organizado o pedido feito por ela.

CAPÍTULO 24

Aquilo são ossos?

Josh olhava para os galhos acima de sua cabeça enquanto fechava a porta do carro ao sol do crepúsculo, que se escondia por detrás de árvores e névoa. Sem dúvidas, *soavam* como ossos. Macabros sinos de vento.

Ele puxou a jaqueta contra o corpo, examinou o caixote pesado em suas mãos uma última vez e, antes que se arrependesse de ter vindo, apressou-se até o tal casebre de madeira e musgo, um tanto surpreso com sua presença, sua realidade.

A porta abriu sem que ele a tocasse.

— Entra. — Senta. — Não mexa em nada.

Difícil descrever o som da voz da criatura, porém ele acreditava que, se corvos falassem, soariam assim.

Josh sentou-se à mesa redonda, rachada de tempo e umidade. Uma chama fraca vinha da chaminé quase sem forças, lançava sombras nas paredes repletas de prateleiras abarrotadas de jarras cheias de líquidos; e de outras coisas que ele não ousou tentar identificar.

Ele parou de respirar quando a viu entrar. O corpo dele, alarmado, gritava para que corresse, mas suas pernas pareciam feitas de borracha. Até ali, não sabia o que esperar, e ao se deparar com ela, toda sua capacidade de movimento travou, como se a cadeira o sugasse no assento ou como se ele fosse derreter de medo e aversão. Era como dar de cara com um acidente bárbaro e não conseguir tirar os olhos do lugar. A criatura era o resumo de todo horror dos pesadelos da infância.

Alta ela era, de postura curvada, com a pele de couro que viu sol demais desenhando um esqueleto, à primeira vista, sem músculos. Mãos raquíticas e unhas tão longas quanto os dedos ossudos. Os cabelos ralos, negros e sebosos lhe desciam até os quadris estreitos. Ela sorriu, ou ele assim achou. Dentes amarelos, pontiagudos e arqueados exibiam-se em uma expressão maliciosa. Olhos ele não viu.

A coisa colocou o mapa e a lista à sua frente. Ele debruçou-se para pegá-los, ela segurou seu pulso. Com uma força impossível para tanta magreza.

— Cadê o pagamento? — arrastada, a voz de pássaro das trevas dela lhe cortava os tímpanos.

Josh hesitou e apertou a caixa que trouxera consigo contra o peito.

— Há respeito pela troca. Há regras, eu ouvi dizer — disse ele, com mais certeza no tom que na mente.

Ela concordou. Suspirou.

— Sabe que o mapa pode não te levar pra onde ela foi, não sabe?

Josh acenou que sabia. Ela fez um gesto de desdém com a mão esquelética e sentou-se.

— Que seja — disse, e encostou na cadeira. — O circo perdeu o controle sobre a abertura da festa e nunca mais voltou. Dizem que foi o dia do teu *acidente*.

Ela separou os lábios na horizontal, que se esticaram de forma grotesca de ponta a ponta, orelha a orelha; esperara provocar em Josh uma reação desagradável, era óbvio, que ele não deu.

— Ela pode ser um *deles* a essa altura... — disse ela, quase melodiosa, mostrando mais dos dentes de bicho das profundezas. Divertindo-se, talvez.

Josh semicerrou os olhos, desconfiado.

— *Você* é um deles?

Ela riu alto. Corvo.

— Não, eu sou só o mensageiro. A última vez que eu vi qualquer um deles, os do circo, foi quando eles seguiram pro outro lado. Isso já faz...

— Umas cinco semanas. — ele completou.

— Aqui, no seu mundo, sim. O mapa com a lista eu segurei porque nunca se sabe quem aparece pra fazer uma troca. Não é mesmo, moço?

A garganta de Josh estalava em pequenas explosões secas, como se em contato com o doce da infância, azedo, o fazendo ansiar por água. Ele observou os buracos sem globo fixarem-se ávidos na caixa que ele segurava entre peito e antebraço, e se perguntava onde estavam os olhos que viam por ela. Qual criatura ali dentro lhe mandava mensagens telepáticas dizendo a ela para onde olhar?

Os seus olhos, firmes em seu rosto, porém no sobre do tamanho usual, vagavam incertos pelo chalé, que parecia diminuir à medida que o sol deslizava no horizonte.

Ele não sabia por quê, mas algo lhe dizia que o demônio à sua frente estava tão desconfortável na presença dele quanto vice-versa.

Josh reprimiu o nojo ao examiná-la outra vez; tensão emanava do corpo desfigurado do monstro.

— Fora com você e com o mapa! — gritou ela de súbito. Josh recuou com a cadeira. Lentos, um a um, os longos dedos imprensaram-se contra o canto da mesa: — Apenas lembre-se de se render ao inevitável quando chegar a hora, porque só há dois fins possíveis para essa sua história.

Com o indicador, ela chamou na direção dele. Josh sabia o que ela queria, e colocou a caixa no centro da mesa.

Em um único movimento, ela agarrou o objeto e arremessou mapa e lista contra o peito dele.

Não resistiu olhar para trás enquanto ela abria a tampa e salivava sobre o conteúdo: o enorme coração de um bezerro.

Josh não se surpreendeu com o fato de que a maioria das pessoas da lista haviam se mudado ou não estavam mais vivas. Era óbvio que a criatura não era honesta.

Ele parou no semáforo. O rádio do carro estava sintonizado em uma estação que havia parado nos anos 90 e ele observou os jovens atravessando a rua com suas jaquetas grandes demais, botas grosseiras, jeans largos e rígidos sem o *spandex* que enfatizava as curvas das mulheres em outros lugares. Os jovens berlinenses estavam presos no século passado, e a voz rouca de Bruce Springsteen despertou nele o desejo pela tranquilidade de tempos mais lentos que ele não havia desfrutado quando era criança, por não saber o quanto eles fariam falta no futuro de redes sociais e Fake News.

Correndo o risco de que o trânsito de Berlim lhe roubasse o que restava de sua sanidade, decidiu visitar a única pessoa da lista que estava evitando. Respirou fundo e bateu a seta, o coração batendo no ritmo de *Streets of Philadelphia*.

"A thousand miles just to slip this skin"

Josh apertou as mãos contra o volante quando o GPS informou que havia chegado ao destino.

Um misto de esperança e medo da realidade invadiu-o com mais intensidade do que ele esperava.

Josh desperdiçara semanas em especulações, álcool e pesquisa. Afastou amigos, família e toda e qualquer outra pessoa que tentasse convencê-lo a buscar um psiquiatra. Mas ele tinha uma missão a cumprir.

Agora ele teria as suas respostas. Já dentro do prédio e em frente ao apartamento, ele bateu na porta.

— Sim... O que posso fazer por você? — pronunciou em alemão o homem magro, de óculos redondos e cabelos completamente brancos.

Josh assustou-se ao encontrá-lo tão envelhecido.

— Sr. Humphrey, lembra de mim? Eu sou Joshua Morris. Queria falar sobre o último Halloween. — Josh respondeu ao conterrâneo em inglês, adotando o forte sotaque de Yorkshire de sua mãe, esperando que ele mascarasse um pouco a conversa de ouvidos curiosos, caso algum vizinho chegasse ou saísse.

O homem empurrou a porta contra Josh, que impediu a ação com o pé.

— Eu queria falar sobre o Circo das Lembranças Esquecidas. O Halloween está consumindo a minha vida também. Por favor. — Fez uma pausa e olhou em volta. — Eu tenho *o mapa*.

A menção do mapa despertou o interesse de Humphrey. Josh levantou o papel.

— Black Annis — disse em resposta à pergunta lida no semblante do outro.

De olhos grandes e mãos trêmulas, o homem abriu passagem para Josh, olhando apreensivo para os lados no corredor do prédio antes de trancar a porta.

Josh aguardava, em silêncio, sentado à alta mesa na pequena e elegante cozinha, enquanto o homem preparava chá, com uma bolsa na mão esquerda, que ele havia ido buscar em seu quarto depois de alguns minutos de conversa introdutória e desconfiada.

Humphrey sentou-se, com um longo suspiro, os olhos vermelhos.

— O treinamento leva meses. Para muitos, até *anos*. Como você pretende...

— Me disseram que eu sou um mediúnico de transição, ou sei lá, algo do tipo. Seja lá o que isso quer dizer. — cortou Josh.

Uma sombra de surpresa e apreensão passou pelo rosto do homem.

— Então, pode funcionar... — murmurou.

Josh olhou para o material informativo sobre a mesa e se certificou com um olhar se tinha permissão para usá-lo. O outro assentiu, com um gesto casual. Era uma pasta com rituais, ervas e poemas.

— Isso parece bruxaria.

— Porque é.

Josh tirou o olhar do papel.

— O senhor se importa se eu ficar com a pasta?

Humphrey bufou, fixando os documentos.

— Eu, certamente, não tenho mais utilidade para isso. Mas há uma coisa que eu gostaria de saber.

Josh relaxou os ombros e levantou a parte superior do corpo para parecer mais receptivo e menos apressado.

— Por quê? Por que um jovem como você quer atravessar o portão da vida e da morte e encontrar sabe-se lá o que pelo caminho? O que você está procurando? Minha esposa e eu — ao mencionar a mulher, que desaparecera no último Halloween junto com o circo, sua voz embargou. Ele soltou o ar úmido do choro e continuou: — queríamos ver nossa filha uma última vez, e isso vale qualquer risco. Mas e você? Quem você perdeu?

Josh pensou por alguns segundos, com o olhar absorto. Ele se lembrou do dia que virou sua vida de cabeça para baixo. Por fim, deu de ombros.

— Talvez não seja tanto alguém ou algo que eu tenha perdido, mas algo que eu queira encontrar. Faz sentido? — disse, ainda um pouco perdido nas lembranças.

O homem assentiu em um gesto lento de cabeça, olhos distantes. E levou a xícara de chá à boca.

Ao girar a maçaneta da porta para sair, a mão do Sr. Humphrey pousou gentil em seu ombro.

— Se você as vir, diga a elas que estou esperando. Não importa em que estado elas voltem. Desde que elas voltem para casa.

Josh assentiu com a cabeça, os lábios se estreitando, pela garganta não passava uma agulha.

E foi embora.

Josh saiu da banheira. Emaranhadas nos pelos do peito nu estavam as ervas que preparavam corpo e alma para o ritual que estava por vir.

Em frente ao espelho embaçado, ele via as marcas que os últimos meses deixaram em seu rosto. Profundas, como a dor de não ser compreendido, de ser tratado como louco. Os cabelos louro-escuros já não viam corte há tempo, assim como a barba descuidada. Os olhos claros, abatidos e opacos.

A pele já clara por natureza, estava pálida como cera de vela de altar. Ele sorriu de leve. Já parecia morto, afinal.

As grossas velas pretas, vermelhas e brancas ele espalhou pelo pequeno apartamento estúdio de cortinas fechadas. No chão de madeira, um círculo riscado com carvão.

Ainda despido, ajoelhou-se ao centro e iniciou o primeiro ritual.

Quando Josh acordou, não sentia seus membros. Paralisado com as costas contra o chão gelado e duro, tudo o que sua mente registrava era seu pulso acelerado.

Sentado em seu peito estava uma criatura pequena, redonda e amarronzada, de sorriso malicioso. Seus olhos fechavam, levando-o a um estágio de delírio, trazendo de volta sonhos que o atormentaram durante os últimos anos. Por seu apartamento vagavam vultos dentre chamas ferozes.

Náusea o consumiu.

Adormeceu.

Passado o pânico do primeiro ritual, Josh seguiu com sua rotina diária de ervas e cânticos. De comer carne crua. De vômito e cortes estranhos lhe aparecendo pelos braços. De gotas de sangue que ele deixava pelo mapa.

CAPÍTULO 25

O dia amanheceu como a promessa de um mundo encantado: ensolarado, frio, com camadas de neve cobrindo casas e carros, refletindo o sol e produzindo minúsculos diamantes de arco-íris na superfície granulada, emanando uma paz enganosa.

Josh deixou o metrô, o olhar vazio, o rosto afinado das noites maldormidas. Na mochila, o mapa e as provisões que talvez nem precisasse.

Na mente, o desconforto de revisitar o lugar onde encontrara e perdera tanto. Andou pela floresta, lembrando-se de ter passado por ela em uma outra dimensão, fugindo de criaturas que agora corria para encontrar. Nos últimos dias, questionara sua decisão — mas tinha o mapa! E quem garantia que no ano seguinte a festa seria em Berlim? Quem garantiria que os ajudantes do passado o ajudariam a encontrar o circo, se é que sobreviveram ao que aconteceu? Nenhum corpo fora encontrado no local no dia seguinte, quando Mason apareceu de surpresa e o descobriu caído aos pés de uma montanha-russa. Eram muitas perguntas sem resposta, e ele tinha o *mapa*. Uma viagem curta, só para ver se estavam bem. Era tudo o que queria.

Desta vez não seria como das outras, como quando Amber o deixou e ele nem mesmo perguntou o porquê. Não passaria mais seus dias como sonâmbulo, tomaria essa iniciativa e iria se certificar de que estavam bem. De que *Anna* estava bem.

Próximo à cerca, olhou para os lados, mas o lugar estava deserto. Pulou.

Dentro, na abandonada ala Jurássica, cercado por dinossauros quebrados, caídos e desbotados, de frente para a roda gigante próxima ao Labirinto dos Espelhos Malditos, onde tudo terminara meses atrás, puxou o mapa, as velas e o poema. Respirou fundo.

Josh foi ao chão ao ingerir a erva que abria a passagem.

Algo não-identificável movia-se no lago à sua frente, embaixo de musgo, algas e excrementos de pássaros.

O mundo escureceu.

CAPÍTULO 26

A mulher chamada Lisa limpava a faca nas calças enlameadas. Vivia entre *eles* há quanto tempo? Ela não sabia, mas algo havia mudado na composição das coisas, pois seu marido — reconhecia agora quem ele fora um dia — sangrara em suas mãos, na sua faca, e o homem sentira dor também, ela percebeu. Interessante.

A menina que causara a morte de Lisa arrastava o ensanguentado Gabriel até o barco.

Ele, o de terno preto e pele enrugada de água, dos olhos na cor de terra seca e chapéu Panamá. Ele, que fumava seu charuto aceso com fósforos e jamais isqueiros, que vinha a cada cinco anos com os seus para fazer valer o combinado, observava-as. E seguiu para o barco.

Com o dedo coberto por sua luva preta de couro, afundou na ferida do braço de Gabriel, que jogado no fundo da embarcação mal tinha forças para gritar.

— Lá — disse, monossílabo, como de costume.

Os seus não tinham necessidade de muito para se comunicar.

E seguindo na direção do braço magro e ereto, como uma flecha, a mulher chamada Lisa e a menina que lhe causara a morte remaram.

CAPÍTULO 27

Josh acordou no susto de seu próprio grito.

— Que lugar é esse?

A cabeça ainda pesava.

Ele levantou, apoiando a mão na terra gelada e olhou em volta, para aquilo que parecia um porto.

Coberto em névoa branca e mergulhado na escuridão de uma noite sem luar, o lugar era movimentado demais para ser tão silencioso. Ele via pessoas, ou pelo menos acreditava que fossem pessoas, passarem em seus sobretudos e chapéus. Um mundo em tons de marrom e preto; úmido de uma chuva que não caía. O vapor da água do rio que levava e trazia as canoas se arrastava sobre seus pés, como algo consciente. Ninguém parecia notá-lo. Espelhando as grandes cidades dos vivos, onde um indivíduo ganha o poder da invisibilidade.

— É o portão de entrada.

Uma voz masculina, melodiosa e rouca, de certo modo estridente, como a dos palhaços dos circos de outrora, respondeu atrás dele. Uma voz que deveria causar conforto, mas só trazia arrepios. A pele de Josh contorceu e repuxou em reação.

A visão que acompanhava o som não era menos absurda: o homem — se é que se podia chamar assim — vestia um terno impecável e um coque samurai de cabelos negros, contrastando com sua cabeça de algo como um tubarão, cor de mostarda. Nos lábios de peixe, dentes afiados apresentavam-se em um sorriso largo e falso. E Joshua se perguntou o que tinha sido a última coisa que a criatura havia visto antes de morrer, se é que havia sido humana um dia.

— Onde deseja chegar? Está vivo, pelo que noto. — A coisa inspirou o ar ao redor de Josh e sorriu. — O que procura? — disse e abriu sua pasta corporativa.

— Saúde? Feitiços?

— O circo — respondeu Josh, ainda atordoado com a visão e tudo mais ao redor.

— Oh... — o homem-tubarão levantou as sobrancelhas. — Você busca por *Anna-Sena*.

— Sim! — Josh não conseguiu conter a excitação na voz e culpou-se logo em seguida. — É fácil encontrar o circo? Eles ainda planejam fazer espetáculos? Eu q...

— Ora, ora, uma coisa depois da outra, sim? Não é *fácil*. Mas nada é tão difícil ao ponto de ser impossível. E todo mundo por essas bandas sabe por onde anda quem controla os portões no Halloween... Famosa a moça cantora, percebe?

— Pra que lado?

— *Hmmm*... O que você tem para pagar? Meu jovem, uma coisa útil para se saber sobre o equilíbrio das coisas, é que não se recebe nada sem dar algo em troca. O que tem pra mim? Josh olhou para os lados, não admirado com o fato de estar sendo coagido por alguém e ignorado por todos os outros, durante o crime.

— Eu não sei...

O homem-tubarão levou a barbatana até sua mão e apertou. Josh soltou um grito de surpresa e dor, observando os olhos de predador da criatura fixarem nos seus enquanto, enérgica, fungava. Josh explodiu em tosse seca e se apoiou nos joelhos quando foi solto. Fraco e sem energia.

— Isso paga sua passagem. — o outro disse. — Não há contato com a morte sem deixar um pouco de vida por aqui. Espero que alguém tenha te contado sobre as regras.

Ainda tossindo, com náuseas e tonto, ele acenou com a cabeça que sim.

— Pra que lado?

O vento do deserto trouxe o eco do latido humano inconfundível do crânio Skullie, e Josh concluiu que Emmanuel ainda preferia passar o tempo imaginando ser um cachorro.

— O que foi, coisa chata? — a voz arrastada e arrogante de Paco cortou pelo ar quente, saindo detrás de uma caravana.

— Olha ele lá! — gritou Skullie, o crânio em cima de uma mesa no acampamento, e seu ventríloquo com o torso deitado sobre ela, virado para direção em que Josh vinha. O rapaz pensou ver a sombra de um sorriso em seu rosto, ao vê-lo. Ele latiu. De braços cruzados, a figura do humanoide-macaco-prego colocou-se em sua linha de visão.

— *Joshua*! — disse, incrédulo, levando as mãos aos quadris, e inclinando o corpo em sua direção. — É você?

Paco virou-se para trás, e gesticulando ávido em um misto de excitação, medo, dúvida e uma grande necessidade de repartir a notícia com os demais, gritou:

— Gente, olha isso aqui!

— Joshua *Morris*? — a voz de contralto do diretor do circo soou alarmada e não menos curiosa.

A iguana acelerou seu corpo pesado, arrastando areia com o rabo.

— Não é possível. Como ele veio parar aqui? — a voz preocupada do diretor saiu meio que para Paco e meio que direcionada a Josh, que já podia ouvi-los bem.

Das caravanas, um a um, os membros da trupe apareciam. O primeiro a vir cumprimentá-lo foi Hermann.

— Eu morri pra ver isso! — comentou o ex-piloto, não escondendo na expressão o estranhar poder tocar em Josh.

— Então, vocês ainda lembram de mim? — sorriu e apertou os olhos contra o forte sol.

— Mas é claro. Quem se esquece do nosso filhote radioativo? — o sotaque da cigana Anca esticou-se pelos outros até ele.

— Joshua! — Li-Mei aproximou-se, acenando animada e um tanto surpresa. — A tatuagem... Eu borrei, não foi?

Josh levantou o braço, mostrando a mandala que ela tinha riscado em sua pele.

— Aparentemente.

Ela levou a mão à boca.

— Mas vir aqui foi opção minha. E você borrou porque eu me mexi. Não se culpe.

Aletha e Prince correram para ver o que estava acontecendo e pararam ao reconhecê-lo.

— Como isso é possível? — perguntou a moça, se aproximando.

Josh deu de ombros.

— Bem-vindo de volta. — disse Prince, mas seu tom soou reservado.

A quentura do lugar incendiou peito, costas, sentidos, e o gelo da expectativa se alastrou por ele: atrás da trupe aparecia Anna-Sena.

Vestida em um short moderno e camiseta branca. Pela expressão, confusa, ela aproximou-se devagar, o torso curvado, os braços ao redor do corpo, como uma criança a se proteger do frio.

Ele soltou a mochila e a deixou deslizar de seu braço ao chão, o olhar fixo na cantora.

— *Josh...?*

Os demais fizeram passagem, enquanto ela seguia a passos incertos. Um silêncio atípico caiu sobre o grupo de circenses.

Anna-Sena levantou a mão para tocar Josh no peito, como se

estivesse prestes a encostar em eletricidade e temesse o choque. Ao senti-la, Josh pegou em seu pulso, Anna-Sena pulou.

— Você tá vivo! — gritou, e olhando para os demais, indignada: — Ele tá vivo!

Ela retornou o olhar para ele, brilhando em frenesi e o empurrou.
— O que você tá fazendo aqui? — sua voz carregava angústia e tristeza.

— *Ei*. Essa não era bem a recepção que eu estava esperando.

— E que recepção você poderia estar esperando, Joshua? Você está vivo!

— Sim, ma...

— "*Mas*" nada! Volte *imediatamente* pro seu mundo!

— Eu passei por muita coisa pra chegar até aqui. E...

— Pois passe tudo de novo! Eu não *pedi* pra você vir até aqui. O que você tem na cabeça?

Paco envolveu a cintura de Anna-Sena com as patas e sussurrou algo em seu ouvido. Ainda sacudindo o corpo do golpe da adrenalina, a moça se acalmou um pouco.

— Venha, Joshua. — disse Manolo, cortando a tensão. — Anna-Sena, não me olhe assim, venha!

Anna seguiu o diretor sem levantar os olhos para Josh.

O diretor os conduziu à caravana de Anna-Sena, e os colocou sentados um em frente ao outro.

— Anna, o rapaz passou o impossível para se certificar de que você ainda existe. Respeite isso. Joshua, Anna fez de tudo para salvar a sua vida e cá está você. Peça desculpas. Agora, conversem. Se entendam e depois a gente vê o que faz. — e olhando para o rapaz, disse em um suspiro — Nós precisamos te levar de volta, Josh. Como você sempre consegue se infiltrar no mundo dos mortos desse jeito, é um mistério pra mim. Mas era perigoso *lá atrás* e ainda é perigoso *hoje*! O ano na Terra ainda não acabou, filho.

O velho diretor saiu sacudindo a cabeça de réptil, fechando a porta atrás de si. Joshua sentou na cama e Anna-Sena encostou na parede à sua frente, em pé. Distante.

— Não era pra você ter feito isso. — disse Anna-Sena, assim que se encontraram sozinhos.

— E por que não?

Anna-Sena soltou um riso fino, carregado de amargura.

— Porque você precisa *viver uma vida*, Josh. A oportunidade que nenhum de nós teve. Olha em volta e veja quanta gente morreu jovem por aqui. Adelaide e Gabriel não voltaram daquele dia, sabia disso? E a pobre Cora não sai mais do trailer por causa do que aconteceu naquela noite. — ela levou a mão à testa, buscando palavras. Exalou, por fim. — Depois do seu tempo, a gente daria um jeito de te achar. Mas assim? Isso tá errado. Essa não é a ordem natural das coisas.

— A sua morte não foi natural.

— Não! E você acha isso *melhor*?

— Não foi isso o que eu quis dizer. Sinto muito. Acho que andei buscando por algo maior que eu, e m...

— Todos nós buscamos algo maior do que nós. Mas você faz isso com pessoas *vivas*, pessoas que vão te ajudar no processo, e não atravessando os limites da morte.

Por um longo momento eles se encararam. A expressão dela refletia o que ela via: ele estava mais magro, pálido e exausto. Talvez ela até sentisse o desamparo que ele carregava na alma. Ou algo mais. Fosse lá o que ela viu, mexeu com ela, apelou para a sua natural compaixão, e a moça baixou a guarda, avançando até ele, como quem se aproxima de uma criança, que digeria o esporro que acabou de levar.

— Eu gosto de você, Josh. Gosto mesmo. — ela levantou o rosto dele em direção ao seu. — Eu sei que a sua alma se sente desconectada de todo o resto; você não precisa contar, é *visível*. Melhor do que muita gente, eu sei como é sentir que o mundo não é pra nós. Mas não é verdade.

Ao olhá-lo nos olhos por mais tempo, ela sorriu.

— Você é bastante esquisito, sabia?

Ela riu. Ele não.

— O que eu faço com você agora? — ela sussurrou, livrando-se de sua armadura, falando com mais doçura na voz.

— Você pode me fazer aquele chá...

E agora riram ambos. Roucos, cansados e até mesmo um pouco constrangidos, sem saber como lidar com a situação, com a atração mútua em um contexto tão absurdo.

Quando o riso cessou, Anna-Sena mordeu o lábio inferior e abaixou o rosto na direção de Josh, que a beijou, envolvendo seus quadris com os braços. Anna o deitou na cama e tirou a camiseta, expondo seios cor de cobre, fartos e firmes, direcionando as mãos dele para apertá-los, senti-la. Instigado, ele sentou-se, ajudando-a a despi-lo, puxando-a contra ele para que sentisse sua virilidade pulsando, atiçada no exato momento em que recebeu o beijo dela.

Anna-Sena deixou-se deitar na cama, retirando da pele todos os empecilhos.

O corpo nu de Anna-Sena elevou as batidas de seu coração e a temperatura de seu corpo. Morta há décadas, deitada na cama estreita em meio a lençóis surrados, ela era a personificação de tudo o que era imoral e proibido. Envergonhava-se da perversidade de confessar a si mesmo o quanto a ideia de possuí-la o consumia, e acariciou-a no interior das coxas, sentindo-a arrepiar-se. A magia de ser quem ele era.

Inflamado pela visão da moça e por sua própria sensação de poder, levou a boca por entre as pernas morenas e torneadas, o gosto e o cheiro da cantora causando dores nele: coração e sexo. Dor de desejo brutal ao senti-la arqueando o corpo e gemendo entre suas mãos, ao toque faminto e molhado de sua língua.

Josh virou-a de costas, encostando o corpo contra o dela. Macia, quente, ofegante. Ele afundou o nariz em sua nuca. E eles gemeram quando, rijo, ele deslizou para dentro dela. Encontrando-a quente, pulsante e inundada.

Intensos, entregaram-se com verdade e transparência. E Josh pensou depois que a falta daquele tipo de conexão o fizera parar ali, ir atrás dela. Da moça morta que conversaria com ele sobre filmes antigos e os grandes sucessos da Motown Records.

Mais uma vez, o mundo dos mortos mostrou-se mais vivo que tudo o que ele conheceu com quem ainda tem o sangue quente.

Eles foram ferozes e esfomeados, sentindo o encaixe perfeito de seus corpos incendiando-os para mais uma vez.

E deitaram depois, nus, exaustos, reluzentes. Trocando beijos incessantes, temendo nunca mais vivenciar tamanha intimidade e sincronia.

As batidas na porta não esperaram resposta.

— Oh! Eu sinto muito. — disse Manolo ao entrar, virando a cabeça para fora, de encontro a um Paco curioso, que estava na ponta dos pés para ver o que estava acontecendo, enquanto Josh e Anna-Sena cobriam-se com lençóis.

— O que aconteceu? — ela perguntou. — Já pode olhar, Manolo, estamos cobertos.

O casal riu.

— Josh, onde está o seu mapa? — disparou o diretor.

— Como assim? Na minha mochila.

Manolo negou em um gesto assustado, quase frenético com a cabeça.

— Não, não está, nós conferimos.

— O quê?

— De quem você comprou o mapa, filho? — perguntou Manolo às pressas, sem se preocupar em explicar por que havia mexido nas coisas de Josh.

— Da Black Annis.

Josh foi cortado por um murmúrio, e viu Anca jogando os braços para o ar e Li-Mei cobrir o rosto com a mão.

— Por quê?

— Vistam-se e se preparem para tirar o Josh daqui. Agora!

Manolo saiu empurrando Paco, que insistia em inspecionar os amantes.

— Eu só queria dar uma olhadinha no documento, faz tempo que eu não vejo um. — justificou ele, enquanto descia o pequeno lance de escadas sob protesto.

A cantora riu, mas algo na expressão de Josh havia mudado.

Anna-Sena e Josh vestiram-se apressados e saíram da caravana para ver todos os outros se preparando para deixar o acampamento.

O fogaréu saindo dos pescoços das mulas-sem-cabeça, que puxavam os veículos, esticava-se para um céu não mais ensolarado. Prince e Hermann amarravam as rédeas peitorais dos bichos agitados, com dificuldade. Os animais saltavam inquietos, e a areia arrastada pelo vento repentino fazia as chamas oscilarem.

Às pressas, a trupe recolheu o resto das coisas, Prince e Hermann seguiram para tomar a direção da grande caravana e os demais entraram nela.

— Eu disse que ele ia fazer besteira! — resmungou Skullie, de sua prateleira habitual, com Emmanuel sentado no chão, encarando-o.

— Cala a boca, criatura! — disse Anca. — Não é hora pra testar favoritismo.

— O que foi que eu fiz? — Josh perguntou, na certeza de que sabia a resposta. Não havia sido por falta de aviso.

Prince e Hermann atiçaram os animais. O grito soou abafado pelas paredes coloridas que os cercavam. A caravana balançava agressiva pelo chão árido.

— A Black Annis é um demônio da infância, Josh. — Anna-Sena tomou a palavra, fazendo um gancho à pergunta de Manolo, seus olhos diziam que ela compreendia agora a situação em toda a sua tragédia.

Josh, porém, não.

— Como você soube onde comprar o mapa? — a voz delicada de Li-Mei era um bálsamo no caos. — Sonhos?...

Sim, sonhos. Os sonhos aos quais ele não deveria ter dado ouvidos. Os sonhos sobre os quais a entidade no Rio de Janeiro o havia advertido.

Ele tinha dado ouvidos à criatura que viera visitá-lo, rendendo-se às suas promessas com extrema facilidade.

Agora, os olhos de Josh corriam da esquerda para a direita, em estresse e descrença.

CAPÍTULO 28

A mulher chamada Lisa e a menina que lhe causara a morte posicionaram-se no centro do círculo de rochas na caverna, marcando o início da fusão dos mundos.

Ele apagou seu charuto com o pé e arrastou pelas roupas o corpo de Gabriel, agora morto duas vezes, para o centro da fogueira. O rapaz com a imunidade, carregando a influência da energia do vivo de ouro. Aquele mesmo que, contra todas as dificuldades, tinha retornado ao mundo dos mortos no ano errado.

No escuro, os olhos do predador dos oceanos brilhavam, seguidos de um sorriso largo e falso. Ele entregou o mapa com o sangue de Josh, roubado do moço na ocasião de *vendê-lo* a passagem para que pudesse rever seus amigos no circo. Pobre infeliz.

Saída das pedras nas paredes, Black Annis aproximou-se e jogou nas chamas os cabelos do braço de Josh, que ela havia recolhido no dia da entrega do mapa.

O corpo de Gabriel alimentava o fogo verde, lançando faíscas pelo buraco acima deles, recebendo a energia mais crua do Cosmos.

Quebrando as barreiras do que é aqui e o que é *lá*.

E o que era não será mais, neste ano após o quarto, em que ele e os seus penetrariam no mundo de carne que é ferida e que fere, abrindo as portas para uma nova distribuição das existências. Seriam como *eles*.

— Os monstros da infância são os mais perigosos porque eles são facilmente ignorados. — explicou Anca. — A gente não ouve a voz dos pequenos dentro de nós, que apontam os perigos de criaturas que se alimentam do medo da inocência. A ignorância dos seus poderes psíquicos é o que te causou toda essa dor. A separação entre você e aquela criança foi buscar a bruxa da floresta pra você. O problema sempre é a separação do adulto do próprio núcleo. — completou ela, batendo com seu baralho cigano na mesa redonda.

— Eles me trouxeram mesmo até aqui e eu caí. Certo? Mas o quão ruim *é* isso?

— Bem, — disse Manolo — depende de *quando* esse tipo de coisa acontece. Você, meu filho, possui uma combinação de habilidades mediúnicas com grande poder de transitar entre os mundos, de tornar físico o que não é. O que te torna uma ponte, uma espécie de pane na camada das esferas. Uma *falha*. Ano passado a sua presença aqui não teria sido perigosa, ano que *vem* também não seria. Mas *este* ano, eles têm o direito de restabelecer o equilíbrio nas esferas, e levar consigo as presas mais fracas pelo caminho.

Confuso com a quantidade de informações técnicas, e para ele incompreensíveis, Josh perguntou:

— O que isso quer dizer?

— Que você vai morrer, filho. E vai levar todo o resto contigo.

O estrondo sobre Berlim não causou pânico imediato. Foram as luzes intensas e coloridas, descidas das nuvens, e a tempestade de ventos violentos que deixaram a população em polvorosa.

Algo se movia no céu. Algo descomunal e não natural.

As pessoas gritavam. Jovens retiravam seus celulares dos bolsos, faziam vídeos e comentários entusiasmados, enquanto mães retiravam seus filhos pequenos de carrinhos e corriam para buscar abrigo em bondes e lojas. Um homem gritou, estendendo a garrafa de cerveja, que o mundo finalmente estava acabando.

Quando Josh e os demais chegaram a uma das fronteiras, os mundos já estavam fundidos. Os raios causados pela ruptura nas esferas caíam sobre as primeiras árvores e prédios. Eles desceram da caravana e observavam o espetáculo, como quem observa fogos de artifício na passagem do ano.

Uma passagem entre os mundos se abriu, uma fissura entre as realidades, abrindo as cortinas e permitindo-lhe assistir ao que estava acontecendo na Terra. De onde estava, Josh via diferentes pontos da cidade, como através de um espelho mágico ou vários aparelhos de televisão ligados em canais distintos.

Luzes multicolores abraçavam os céus, movendo-se como cobras feitas de névoa.

Josh ouviu seu celular zunir e concluiu, abismado, que tinha sinal e internet de onde estava.

Nas ruas da cidade, carros rodopiavam e pessoas eram levadas pelo vento, como folhas de papel.

Ele puxou o telefone e logo foi bombardeado por notícias sobre eventos semelhantes espalhados pelo globo. Mares em chamas, o céu cortado por descargas de energia.

Relatos de aparições eram contados com grande alvoroço pelas pessoas nas redes sociais. Criaturas para as quais faltavam descrições, espíritos de quem já se fora, sólidos como se jamais houvessem partido, retornando para casa. Mortos e tudo mais que era desconhecido e temido adentravam o mundo dos vivos para ficar, reestruturando a ordem das existências.

Com as mãos na cabeça, Joshua acompanhou a destruição da cidade pelo buraco entre as dimensões.

— O que vai acontecer agora? — perguntou.

— Uma reorganização. — respondeu Anna-Sena, de braços cruzados, olhando para a destruição em um misto de fascínio e assombro. — O que sabemos deles é sobre sua vontade incontrolável de serem *físicos*, de fazer parte de uma realidade substancial. E agora, bem... eles são.

— É tudo minha culpa. Eu destruí o mundo. — ele sussurrou, os joelhos falharam e ele ajoelhou no chão do deserto. Boquiaberto. Em choque.

— Não se gabe, Joshua Morris, você não é tão especial assim. Não é *tudo* culpa sua. — a voz de Paco surgiu a seu lado, mas não soava hostil.

— Mas eles fizeram isso... eles... fui eu que insisti e vim aqui. E eu fui avisado por Anca, pela entidade...

Os outros se aproximaram dele, com os olhos virados para a catástrofe na Terra, cada um mergulhado em sua própria mente, calculando o que sentiam com relação ao que estava acontecendo, porém mais tranquilos que ele.

— Ele tem razão. — disse a vidente atrás dele. Josh virou o rosto queimando de emoção para cima, para encontrar o dela.

— Eu sinto muito, a senhora me disse sobre o futuro e...

— Eu disse. Mas Paco tem razão. Sim, você *não* deveria ter vindo agora, neste ano perigoso, e você usou o seu direito de fazer a escolha errada e veio assim mesmo. — ela gesticulou com indiferença. — Mas eles não teriam sido bem-sucedidos nesse plano se lá fora — ela levantou o queixo em direção às imagens de horror e extermínio — os vivos não tivessem trabalhado para deixar isso acontecer. Você foi um rachado no vidro pelo qual os Outros conseguiram acesso a mais pessoas com a sua habilidade. E acesso também a todo tipo de pensamentos e ações nocivas, que, por fim, os alimentou. Se não tivesse sido você o rachado no vidro, teria sido um outro, mais cedo ou mais tarde.

— Tá vendo? — disse Hermann, se aproximando e batendo amigável em seu ombro — você só acelerou o processo, amigo. O fim era inevitável.

Não convencido, porém sem argumentos ou sem saber o que mais dizer, Josh sentou no chão. A trupe retornou à caravana, deixando-o à vontade para processar os acontecimentos com Anna-Sena. Menos Manolo, que chegava até ele, se sentou a seu lado, puxou o maço de cigarro do bolso e acendeu um, inalando a fumaça de tabaco, degustando o aroma antes de dar o primeiro trago.

— Olha só, quando você está aqui eu *realmente* sinto gosto do tabaco! — ele riu. — Vai ser bom te ter por perto, filho.

— Você não se importa com nada do que tá acontecendo? — em sua voz havia a presença inconfundível de acusação e indignação.

O diretor do circo não o encarou, manteve seu olhar no caos.

— Eu sinto muito pelas crianças. Eu passei muito tempo da minha vida tentando salvar crianças de predadores e cá estou eu, perdendo mais uma batalha. Por todos os outros, eu não posso dizer que eu sinto muito. Eu seria hipócrita se dissesse que não acho que *um grande* número deles mereceram isso. E eu posso ser um velho cretino, filho, mas jamais um hipócrita.

Joshua não respondeu, em sua garganta havia uma pedra impedindo saliva de descer ou sua fala de sair.

Manolo quebrou o silêncio após alguns segundos.

— Esse é o seu mundo e é legítimo que você se sinta culpado, horrorizado, triste. — a iguana olhou para o celular na mão de Josh. — Essa coisa na sua mão está funcionando agora, mas não vai mais por muito tempo. Me diga, você ama seus pais, filho?

— Claro! — o rapaz virou-se para ele, os olhos embaçados das lágrimas que brotavam. — Claro que eu amo os meus pais.

O outro suspirou.

— Então, ligue para eles e se despeça. Diga a eles que os ama.

No fim, isso é tudo o que importa. — ele completou, bateu a mão escamosa de leve na perna do rapaz, em sinal de compaixão, levantou e retornou à caravana.

Anna-Sena tomou o lugar do diretor do circo e permaneceu em silêncio.

Por um segundo, ele encarou o objeto em sua mão, ainda frenético, recebendo mensagens de noticiários, abrindo e fechando aplicativos, como se estivesse entrando em pânico com o resto do mundo. Ele respirou fundo, exalando o ar pela boca trêmula. E buscou o número de sua mãe.

O sinal chamou uma, duas, três vezes e ele buscou a mão de Anna-Sena a seu lado e apertou-a ao achá-la.

— *Joshua!* — a voz feminina do outro lado vibrava em loucura e pranto. — *Graças a Deus! Phillip, é o Josh. Ele está vivo!*

Josh limpou uma lágrima com a mão livre.

— Eu acho que esse é o fim do mundo, mãe. — ele disse, e ao final da frase sua voz quebrou, e ele soluçou. A voz saindo repicada e em sussurros. — O pai pode me ouvir?

— *Sua mãe não está em condições de falar, agora. Eu estou te ouvindo, meu filho.*

— Eu sinto muito por não ter sido o filho que vocês mereciam. Eu não fui aí esses tempos, mas eu ia visitar no Natal, pai. Eu juro...

Do outro lado, ele ouviu o pranto da mãe e o pai fungar, buscando controlar-se.

— *Você é o melhor filho que podíamos ter pedido, meu garoto. Sempre presente mesmo que distante. Você só estava sendo jovem e tendo sua própria vida.* — ele fez uma pausa, talvez para recuperar a fala, pensou Josh. — *Isso é um adeus, não é?*

Josh soluçou.

— Eu te amo, pai. Mãe?

— *Eu estou aqui... meu menino.*

— Eu te amo, mãe.

— *Nós também te amamos.* — ela disse, com a voz mais calma, talvez causada pela certeza da inevitabilidade da situação.

— *Muito.* — seu pai completou.

Por três minutos, eles trocaram lembranças de sua infância. Lembranças esquecidas.

O telefone morreu e Anna-Sena se ajoelhou em frente a ele, tomando-o nos braços, enquanto ele permitia o luto tomar seu curso.

— Eu posso, pelo menos, ficar com você? — o hálito quente dele assoprava os cabelos dela com o vento da destruição, ele apertou-a contra si.

— Eu espero que sim.

Um urro gutural e inumano encheu o ar, como um trovão vindo da terra, ensurdecedor e prestes a engolir o mundo. Bolas de fogo, coloridas, que como meteoros de arco-íris, lançavam-se do céu contra os mais diversos pontos da cidade, carregando consigo o rastro colorido da perversidade de uma beleza plena e letal.

Ainda abraçado à Anna-Sena, Joshua levou o olhar para a abertura à sua frente, agora exibindo a tempestade e a destruição do Portão de Brandemburgo. De frente ao monumento, encarando-o estava *ele*. Com seu chapéu Panamá, seus olhos de couro e o charuto aceso inabalado pela chuva. Ele acenou para Josh com a cabeça, cumprimentando-o, tão leve quanto seu manto ao vento. Elegante e sereno.

A cada cinco anos, ele vinha com os seus para fazer valer o combinado.

Este era mais um ano depois de quatro.

AVEC
EDITORA